我抓鬼的日子

之6 雙重人面

君子無醉—著

養我孤鬼的日子

目錄

第六十一章

苗疆禁地

小趙把昨晚二子給他的錢掏了出來，塞還給二子道：
「來的時候，我老爹吩咐過了，讓我盯緊點，
千萬不能讓你們去倒天河瀑布那裏。
那兒是我們苗疆的禁地，除了我們的大祭司、
大長老和知老們，誰也不能去那裏。」

「你怎麼了？」張三公見我緊皺著眉頭，有些好奇地問我。

我連忙訕笑一下，並沒有把所想的事情告訴他，搪塞道：

「我們距離倒天河還挺遠的，估計還要走一整天才能到。我在想，到時候怎麼對付那些月黑族的人。」

「嗨，這還需要想嗎？簡單得很，我告訴你吧。那些月黑族的人眼睛特別大，而且老是夜裏出來，所以，他們的眼皮已經退化了，眼睛是閉不上的，眼珠子上面只有一層很薄的膜，勉強可以擋住一些塵土。他們的眼睛受不了強光，會被太陽光活活刺瞎，所以，我們只要白天過去就行了。唯一需要注意的，就是他們設在樹林裏的陷阱和機關。只要我們謹慎一點，應該沒事的。如果真能找到夜郎墓的話，那我們就更不用擔心了。我們可以白天過去，在天黑之前進墓。如此一來，天黑之後我們就已經在夜郎墓裏了，和他們壓根兒就碰不上。」

「這個方法確實不錯。」我點點頭，隨即又有些擔憂道：「那如果我們一天之內進不了那個墓，豈不是要陷入月黑族的圍攻之中了嗎？我覺得，我們還是做好兩手打算才行。」

「嗯，不錯，你一個小娃子，居然這麼謹慎細心。這個事情，等大家都到了，再一起商量。」

沒過多久，趙天棟和吳良才先回來了。

「哎，我們向西面跑了很遠的路，一直沒能找到寨子，只好回來了。」趙天棟唉聲嘆氣地說。

太陽已經落下半個的時候，婁含和二子一起回來了。他們也是滿臉無奈：「我們向前走了很遠，也沒有找到村落，我估計前頭就是荒山野嶺了。山這麼高，確實很難住人。」

泰岳是一個人出發的，他習慣了單獨行動，還說我們都跟不上他，不好配合。

「我看泰岳多半也不會有什麼收穫，大家收拾一下，準備紮營吧。篝火點起來，帳篷搭上，先吃晚飯。」二子指揮著大家忙活起來。

太陽幾乎全都落下去，只露一絲紅邊的時候，一個聲音悠悠地響了起來：「你們這些人，就這麼肯定我找不到人？」

泰岳嘴裏叼了一根狗尾草，抱著雙臂笑吟吟地站著，他身後不遠的一棵樹上，還拴著一頭四蹄粗壯的棗紅馬。

「哈哈，還是阿兵哥厲害！」二子率先迎了上去，給泰岳遞了一根菸：「怎麼樣，找到什麼了？」

「東邊，就在冷水河邊上的山腳下有一座不小的苗寨，有兩百來戶人家。他們對外人很溫和，咱們今天晚上算是有地方睡覺啦。我都和他們說好了，還向他們借了一匹馬。你們趕緊跟我一起走，到寨子裏去好好睡個覺。」

泰岳先把他自己和張三公的包裹拎到了馬背上。大夥兒就跟著他一起向那個苗寨出發了。

路上，泰岳簡單地介紹了那個苗寨的情況。

「那個寨子叫天水寨，我以前當兵的時候，有一位很熟的老鄉，現在在他的女婿家裏過活。有他做擔保，我們才可以進去的。那個老鄉今年六十了，等下大家見到他，稍微給點面子。」泰岳說道。

「放心，我們肯定不會亂來的，人家好心收留咱們，咱們可不能使壞搗亂。」二子拍著胸脯保證道。

「我那位老鄉叫白石頭，大夥叫他老白或者白老爹。我們今晚住在他女婿家裏，他們家有三層樓，很寬敞。他們寨子裏還有不少養馬的，我已經托他幫我們雇幾匹了。這些馬都是川馬，最適合翻山越嶺，馱東西很厲害的。」泰岳看著短腿棗紅馬讚嘆道。

天擦黑的時候，我們終於趕到了天水寨。

天水寨背靠大青山，面臨冷水河，地處咽喉要道，竹林綠樹掩映，恍若世外桃源。

白老爹帶著女兒女婿一起迎接我們進去，給我們準備了晚飯，非常熱情好客。吃飯的時候，白老爹說他們寨子裏真的有一道天水。大夥兒好奇地問，天上還能流下來水？

「那當然，大青山上都是積雪，積雪融化之後，雪水向下流，在我們寨子上的一個山崖形成一條瀑布，那不就是天水嘛。」老爹大笑起來。

白老爹問起我們的來意，二子咳嗽了一聲，眨眨眼睛，這才微笑著把那些騙人的鬼話說了一遍。

「哎呀呀，考古啊，這個厲害，我聽說你們還要找嚮導是不？」白老爹抽著旱煙問。

「對啊，我們原來的嚮導不幹了，只好重新找一個。白老爹，要不，您就給我們當嚮導吧。」二子眯眼笑道。

「不行，我年紀大了，經不起折騰。」

「那您女婿也行啊，只要對地形熟悉就可以。」

「這也不行，他得在家照顧林子，走不開。我跟你們說個事情，」白老爹磕磕煙斗，「寨子來了外客，都是要經過知老的。我已經把你們的事情和知老說啦。他老人家點頭同意了，我才敢接你們進寨子的。他準備親自過來一趟，這會兒也應該快到了。到時候，你們有什麼要求就和他說，只要他點頭同意，什麼事情都好辦。」白老爹說道。

我們對望了一下，都有些心虛，擔心被人識破，但是現在騎虎難下，只好硬著頭皮答應了。

沒過多久，外面傳來了說話聲，一個穿著黑色斗篷的苗族老者在白老爹女婿的帶領下，來到了房中。

大家知道這就是知老了，連忙都起身問好。這個知老還算和氣，點頭呵呵笑了一下，讓大家都坐下，然後走到上首坐下，問道：「你們是幹什麼的？」

「噢，老人家，我們是考古隊的。」二子把我們的公文一股腦兒拿出來，遞給知老看了。

「嗯，不錯，那你們有什麼需要幫助的嗎？」知老沒發現什麼問題。

「我們需要一個嚮導，還要幾匹馬。」二子笑道。

「噢，嚮導好辦，等下我讓小趙過來給你們當嚮導。這小子在外頭讀過書，見過世面，給你們當嚮導最合適。至於馬匹嘛，你們一共幾個人？」知老問道。

「七個，再加上嚮導就八個了，實在不行的話，我們就兩個人乘一匹。」二子說道。

「這個要稍微籌畫籌畫，不知道大家願不願意借。」

二子連忙從背包裏掏出一條上好雲煙，放到知老旁邊的桌上，又悄悄在底下壓了一遝鈔票，含笑道：「呵呵，老人家，您看，咱們來得著急，也沒帶什麼東西，這是孝敬您老人家的。那個雇馬匹的事情，還得勞煩你，我代表咱們考古隊感謝您。」

「放心吧，等下你們和我一起去，我幫你們協調一下，應該可以雇到的。只是，我先和你們說清楚，馬匹對於咱們這兒的人家，那是比兒子還寶貝的。你們可不能白用的。」知老看了看二子送上的禮物，含笑點了點頭。

「嗨，咱們怎麼會連這點事情都不懂呢？您老放心好了，絕對不會虧了大夥兒的。」二子笑道。

知老點點頭道：「那就這樣吧，噢，你們是要到哪兒去考古？」

二子的臉色有些尷尬，訕笑了一下支吾道：「估計那地方在冷水河的上游，不過，具體在哪兒，咱們到現在還不知道。所以，我們才要找個嚮導。」

「噢，那你們要考察的是什麼東西來著？」知老有些疑惑地皺起了眉頭。

「這個，是一座古建築遺址。」二子按照約定好的應付了一句。

「噢，那行吧，等下我幫你們安排。小夥子，你跟我來吧，咱們借馬去。」

二子滿心歡喜地跟著知老出去了。知老在苗寨裏相當於村長，有他出面，一切應該沒有什麼問題了。我和張三公還是負責留守，張三公和白老爹年紀差不多，共同語言很多，吃過晚飯就一直閒聊。

沒過多久，二子他們牽著八匹馬回來了，我鬆了一口氣。

跟著他們一起回來的，還有一個纏著白頭巾的苗族少年。少年身材健壯，虎頭虎腦的，說話很大方，他叫趙括。

二子見趙括很熱情，很好相處，心智單純，連忙給他塞了一疊鈔票，讓他明早來隊裏報到。趙括拿了錢，歡天喜地走了。

休息之前，我和張三公把白天研究出來的結論跟大夥兒說了。大家都是又喜又憂，喜的是，總算知道目標在什麼位置了；憂的是，那個地頭實在是太危險了。

「這得做好充足的準備才行啊。大家先不要睡了，都跟我去找白老爹，看看能不能弄點武器。他們這邊打獵的人多，弄幾把獵槍肯定是可以的，實在不行的話，有柴刀也好。咱們可不能掉以輕心。」二子提議道。

我們找到白老爹，說是山林裏野獸多，需要一點武器。白老爹爽快地答應了，又帶著大家去寨子借獵槍。但是，這次因為沒有知老帶著，只借到三支霰彈獵槍，是打一槍就需要重新裝填子彈的長管，還有兩把氣槍，也不能連發。柴刀倒是有很多，白老爹家裏就有好幾把。

泰岳和張三公各拿了一把氣槍，趙天棟、吳良才、婁含，一人背一支霰彈槍，二子有手槍。我沒有要槍，因為我覺得不需要，我身上的法寶夠多了，腰裏都塞不下了。

不過二子很擔心我，所以，他最後強行給每個人都配了一把鋒利的厚背柴刀。武器準備好了，大家這才躺下安心睡覺了。

第二天一早，嚮導小趙在前頭引路，隊伍沿著冷水河岸邊的高崖山林道一路向前，漸漸深入密林之中，四野全都是纏天蓋地的綠色，粗大的古樹、密匝匝的藤蔓，上下左右前後都是綠牆，連天空都很少見到。

從清早開始，山林裏就瀰漫著霧氣，風吹時，像綢幔一樣飄來蕩去，到了中午時分，霧氣散了，卻又下起了毛毛細雨，天空陰沉，一片灰色，壓抑又窒息，每個人心頭都沒來由地沉重起來。

中午吃飯的當口，小趙問我們要到什麼地方去，二子讓他直接帶我們到倒天河瀑布。

小趙很為難，似乎不太樂意去那個地方。他皺眉道：

「那個地方，我們當地人都不怎麼去的。我對那裏的路也不是很熟。你們去那兒做什麼？那兒沒有什麼古建築遺址，你們到底要考察什麼？」

我們心裏一動，都沒有再說話。

二子將小趙拉到一邊，又給他塞了一遝錢，哄他道：「小兄弟，你就別問那麼多了。你只要幫我們好好帶路，我們絕對不會虧待你的。」

「這不行。」小趙雖然年紀小，性格卻是出奇的執拗。他把昨晚二子給他的錢一起掏了出來，塞還給二子道：「來的時候，我老爹吩咐過了，讓我盯緊點，千萬不能讓你們去倒天河瀑布那裏。那兒是我們苗疆的禁地，除了我們的大祭司、大長老和知老們，誰也不能去那裏。」

「什麼禁地？」二子驚愕道。

「這是我們苗疆的秘密。」小趙臉色一變，不屑地冷眼掃視我們一番，突然翻身躍到馬背上，對我們說：「你們自己走吧，我不會給你們帶路的。」

「你是什麼意思？」我們一下子都站了起來。

「意思很明白，你們休想踐踏我們的禁地。如果你們敢進去，我保證你們沒法活著出來。」小趙調轉馬頭，揚眉對我們說道。

「喂，臭小子，你這是要我們是吧？」吳良才捏著鬍子，瞇眼尖聲問道：「你信不信道爺我給你下個符咒，讓你變成傻蛋？」

「就是，小娃子，你可不能這麼不負責任啊，我們可沒虧待你。」

大家的情緒都有些激動，二子上前拽住馬韁繩，勸說道：「我說小兄弟，有話好好說嘛，你先別急著走，到底什麼個情況，咱們先說清楚行麼？我們也不是非得去那個倒天河瀑布。我們只是估摸著距離那個瀑布比較近，所以才要去那邊。你要是願意帶我們過去，就儘量把我們帶到河流的源頭，我們自己找也行的。我們保證不去你們的禁地，還不行嗎？再說了，我們也不知道你們禁地在哪兒，你要是這麼走了，到時候，說不定我們真的就不知不覺摸進去了呢。」

二子挺能掰的，一席話說下來，小趙眨了眨眼睛，皺眉想了一下，不覺點頭道：「你說得也對，那我就一直給你們帶路好了。只是一條，你們絕對不能進我們的禁地。」

「嗨，我們都不知道你們禁地在哪兒，到時候，你給我們指出來，我們絕對不進去。」二子很爽快地保證道。

「好吧，那就這麼說定了。」

雖然小趙沒走，但是大夥兒心裏多少都開始有些擔心。因為，我們心裏非常清楚，我們要去的那個地方，很有可能就是小趙所說的那個禁地。現在，二子雖然把小趙給哄住了，但是畢竟這孩子不傻，到時候保不準會給我們帶來麻煩，說不定還會和月黑族人勾結，直接把我們給幹掉呢。我看向小趙的眼神也變得複雜起來。

小趙倒是直腸子，完全沒有發現異樣，依舊說說笑笑，大家也表面一團和氣，但是心裏已經開始防著他了。

「你們只吃乾糧怎麼行啊，我去給你們打點野味來。」小趙伸手就從腰裏抽出一把黑五星手槍來。

見到他居然有這麼個傢伙，我們的眼睛瞪得老大。這小子不顯山不露水的，身上居然帶著「重型」裝備。我們更加擔憂起來，這意味著，一旦小趙反水對付我們，我們就會更加難以應對。

「哎呀，小兄弟，看不出來啊，你居然有這麼好的槍，怎麼我們去寨子裏借槍的時候沒見過呢？」二子抹了抹額頭的細汗，勉強擠出一個笑容問道。

「那當然，我們寨子裏就這麼一把呢。這是老爹給我的，讓我負責寨子裏的治安。這東西可是很難弄到的。」小趙很有些得意地擦擦手槍，對我們說：「我去去就來，這一帶野雞很多，我去給你們搞兩隻來，讓你們改善一下伙食。」

小趙走了之後，二子看著大夥兒，神情凝重地說道：「現在的情況，你們可都看清楚了。這小子可不是個善類，咱們後頭的路，可要千萬小心才好。」

「這個事情好辦，交給我好了，等差不多到地方了，我會讓他好好睡兩天的。他沉睡的這段時間裏，我們就去忙我們的事情，等我們回來了，再把他弄醒，保證他什麼都不知道。」泰岳說道，「現在比較麻煩的，是那個月黑族。他們不好對付，我在苗疆待了這麼多年，還是第一次聽說這個部族。」

沒過多久，小趙回來了，帶回了兩隻很肥嫩的大山雞。我們生火把山雞烤熟，灑上鹽巴，吃得滿嘴香。

午後天色變得更加陰沉，毛毛細雨變成白絲小雨，我們都拿出雨衣披上。雨越來越大，山路泥濘難走，雖然騎著馬，行進的速度也不快，有些地方要下馬牽著才能過去。

冷水河慢慢出了視線，行走的方向變得有些怪異。我和二子皺起了眉頭，知道小趙是在故意把我們往偏離倒天河的地方帶。意識到這個問題，再看一下時間，我們都知道現在差不多是解決小趙的時候了。

二子咳嗽了一聲，放慢了速度，和泰岳並排走著，對他使了個眼色。泰岳心領神會，驅馬趕到隊伍前方，追上小趙，喊道：「小趙，你這是帶我們往哪裡走啊？怎麼越走山林越密啊，這走得出去嗎？」

「嘿嘿，你們又不說要去哪兒，我就只能儘量找路把你們往前帶了。這可不能怪我。」

「這前頭是什麼地方？這兒好像有個梅花山？」泰岳問道。

梅花山是倒天河旁邊的一座高山。只要找到了梅花山，就等於找到了倒天河，所以，我們商量的時候就決定，弄清梅花山的位置之後，就把小趙給解決掉。

「梅花山在那邊呢，透過樹葉就能看到了。那個大青山頭，看到了嗎？離這兒還有幾十里地呢，你們別過去那邊，那邊離我們的禁地很近。」小趙給泰岳指了指方向。

泰岳確定了梅花山的位置之後，突然從馬上飛身一躍，將小趙撲倒在地。

「啊——你——」小趙驚叫一聲，急忙去抽懷裏的手槍。

泰岳的擒拿格鬥是家常便飯，一旦讓他近身，基本上就不會再給對手反手的機會。小趙的手槍還沒有抽出來，泰岳已經一把捏住他的手腕，用力一擰，然後手肘跟上，猛地重擊小趙的後頸。小趙還沒來得及叫出第二聲，就暈過去了。

泰岳從他懷裏把手槍拿出來，插到自己的腰上，三下五除二就把小趙捆綁結實了，又把一大捆臭襪子塞在他的嘴裡。泰岳把他放到馬背上馱著，然後拽著小趙的馬轡繩繼續前進。

大夥兒連馬都沒有下，在馬上看著他行動。見他都搞定後，大夥兒這才鬆了一口氣，問他道：「怎麼樣，往哪裡走？」

「翻過去就到了，那山頭看著很高，那邊很接近他們的禁地，八成也是月黑族的活動範圍，我們走到那邊天就要黑了，得小心點才行。」泰岳說道。

二子有些為難地說：「這又是風又是雨的，要是進去就等於送死，黑火藥受了潮，根本打不出來。」

我們整個隊伍裏，只有兩隻手槍和兩把氣槍能用了。氣槍的射程只有十來米，而且子彈是豌豆大小的鉛彈，如果不是打中五官要害，根本就沒有殺傷力。所以，現在我們手裏真正有用的武器，就是兩支手槍和七把柴刀。

二子決定不能在夜晚和月黑族硬碰，要就地紮營休息，等到明天再繼續前進。可是，雨水稀裏嘩啦下得凶猛，山林裏道路狹窄，遍地泥濘，想找個落腳的地方都難，何談紮營？我們只得繼續前進，等找到適合紮營的地方才能停下來。

高原上溝壑縱橫，岩洞很多，我們一路走來，已經見到很多山洞。

大雨迷濛，風雲呼嘯，我們悶頭又走了很遠，才找到一處比較合適的山洞。

山洞的洞口外是綠油油的氈草地，兩邊都是粗大的古樹，洞口有三米多高兩米多寬。進去之後，是一間寬闊乾燥的石室，這讓我們滿心欣喜。石室裏分成高低兩層，我們把牲口拴在石室左邊，割了草料給牠們吃。

吃完晚餐之後，夜色已然降臨。我們圍在火堆邊上。

「今晚得有人站崗，這兒很不安全。」二子說道，「除了張醫生，所有人輪流站崗，絕對不能開小差。我站第一班，你們先睡吧。」

「等一下。」泰岳把他叫住了。

「怎麼了？」

「這洞裏也得有個人站崗才行。」泰岳看了看石室後壁上一條大約一尺寬的黑色裂縫，「這裂縫很奇怪，總感覺裏面有一雙眼睛在盯著我。沒人守著，我擔心會出事。」

「就一條裂縫而已，能有什麼東西？難不成會鑽出一條大蟒蛇來？」二子抽出柴刀晃了晃，「咱們手裏有這個玩意兒，什麼蟒蛇也扛不住幾下剁，你們就放心睡覺好了，不用浪費人力站崗了。」

「不行。」泰岳非常堅定，「你們覺得怎麼樣？如果你們都不同意，我就自己守著這個洞口，不睡覺了。」

大夥知道他的直覺很靈敏，於是都同意了他的安排。

二子和泰岳站了第一班崗。我眯眼看了看山洞，沒有發現什麼異常，這才放心躺下睡覺。吳良才和趙天棟則施展專長，捧著羅盤把山洞的風水看了一下。

「一陰不算陰，此洞開口向南，綠草在前，洞口寬廣，洞室寬敞，無壓頂梁，無頭頂裂腦紋，是一處適合居住之處。唯一不足之處就是洞後有個裂縫，走了風水氣運，帶上了一分陰，不過也沒有大礙。」

吳良才一通囉嗦之後，這才坐下來，鋪床睡覺。

我沒有睡多久，就被二子和泰岳叫醒了。我要和婁含站第二班崗。

「方曉，你站洞裏的崗吧。」泰岳對我說。

我有些迷糊地揉了揉眼睛，抬眼看看婁含，他已經向洞後的裂縫走去了，就沒有去跟他搶。

「沒關係，洞口空氣新鮮。」我摸起柴刀掛在腰上，就往洞口走。

二子和泰岳見婁含那個膽小的樣子，都嗤笑了一聲，對他充滿鄙視。婁含卻壓根兒沒放在心上，非常淡定地在石洞縫隙前的石頭上坐了下來。

這傢伙不愧是野外生存專家，凡事都挑安全的幹，絕不會冒險。我一直很奇怪，為什麼他這麼怕死的人，卻偏偏來幹這種刀尖舔血的活計，他真的很缺錢嗎？

我坐在石洞門口，正好可以看到婁含的側面。這傢伙用一件黑色大風衣把自己包裹得很嚴實，他斜靠在縫隙旁邊昏昏欲睡。

大雨依舊嘩啦啦下著，只是風小了一點。我很喜歡雨夜的山林清涼氣息。我伸了個懶腰，把火堆邊剛烤乾的木柴架到火堆上，然後抬頭看婁含，卻發現婁含居然不見了。

我連忙四下看了一圈，還是沒有看到他的身影。我覺得情況不妙，就想把二子叫醒。這時，一陣窸窣聲傳來，只見婁含正一邊低頭繫皮帶，一邊從馬匹旁邊的草料堆後面走出來。我這才放心了，知道他是去方便了。

我想和他打個招呼，這傢伙卻一直低頭走路，壓根兒就沒注意到我已經進了石室，他很專心地整理自己的衣服。他的動作很輕柔，繫皮帶的時候，風衣敞開了，讓我看清了他的下半身。

我發現他的腰很細，像女人一樣。就在我感到疑惑的時候，他居然掏出一面小鏡子照了起來。

他照鏡子的時候，抬手理了理耳邊的頭髮。當他發現自己耳邊並沒有長髮的時候，又失笑地咬了咬嘴唇，然後揉了揉臉，把鏡子收起來。

他一抬頭，正好和我的視線對上了。見到我正盯著他，婁含明顯有些變色。他緊張地皺了皺眉頭，然後裝出一副若無其事的樣子問我：「你怎麼進來了？」

「添柴火。」我也問道，「你怎麼到那邊去了？」

「人有三急。」婁含說道。

「嗯，小便倒罷了，不過你是上大號，應該到外面去才對，在這裏多臭啊。」我壞笑著說。

婁含眉頭皺了幾下，撇嘴道：「外面下著雨呢，怎麼去？再說了，三更半夜也不安全。我不是上大號！」

我的眼睛瞇了起來，問道：「不是上大號，你一個大男人，扒開褲門就解決了，你非要跑到草堆後面幹什麼？大家都是男人，有什麼不好意思的？」

婁含怔怔地看了我半天，才低頭嘆了一口氣道：「你看出來了？」

「差不多吧，其實我早就感覺你有些眼熟，不過，我沒想到是你。」我上下打量著他，「你的鞋子好像有問題，怎麼你現在變得比我高了？」

「哼，這個問題當然好解決了。你真的知道我是誰？」婁含下意識地摸了摸臉，「你是怎麼看出來的？」

「憑感覺，你的偽裝雖然很高明，但是，既然知道你是女人，我簡單推理一下，也就知道你是誰了，你說是不是，大掌櫃？」

婁含如釋重負地鬆了一口氣，眨眨眼道：「沒辦法，這次行動太重要了，我不得不親自跟著。我本來以為先把真人拉出來給你們看過，你們就不會再懷疑，沒想到還是被你看出來了。你這小子真是個鬼機靈。」

「男人撒尿都是站著就搞定的，你的行動暴露了自己。」我淡笑道。

「去，還說這個，你這小子真壞。」婁含拉著我走到洞口，低聲道：「拜託你千萬不要洩露出去，算是姐姐求你了，可以嗎？」

「這個自然，看在這個東西的份上，我也會幫你保守秘密的。」我拿出大掌櫃送給我的鋼管晃了一下。

婁含抿嘴一笑，說道：「看來我是送對人了。除了你之外，他們都沒有看出來吧？」

「沒有，他們沒我細心。」我看了看婁含貼著小鬍子的臉，知道這是一層仿真人皮，一時好奇道：「不過，我幫你保守秘密了，你是不是也該厚道一點，讓我看一看你的廬山真面目？我還沒有見過你的真容，你是不是有些太不夠朋友了？」

婁含皺了皺眉頭，一臉為難地說：「好弟弟，不是我不樂意給你看，實在是這個面具的造價太高了，只能用一次，扒下來就沒用了。所以，我現在沒法給你看。不過，你放心，等任務完成了，我第一時間讓你看，可以嗎？」

「可以是可以，但是，萬一走散了，你的面具又摘掉了，衣服也換了，那我怎樣才能認出你來呢？你得給我一個東西，讓我能一下子就認出你才行。」

「這個簡單。」婁含捋起一隻袖子，露出了手臂上的一點紅色朱砂痣：「記住沒？」婁含放下袖子，瞪了我一眼：「好了，我去守夜了，不和你廢話，人小鬼大！」

長夜漫漫，我坐在地上，沒多久就開始打盹。就在我迷迷糊糊的時候，突然聽到一陣急促的腳步聲，驚得我連忙站起身來，本能地去掏腰裏的陰魂尺。

「不要怕，是我！」婁含的聲音傳來。

我抬頭一看，婁含神情有些慌張地看著我。

「怎麼了？」我皺眉問道。

「那個，那個石縫裏面好像有東西，我總感覺裏面有人在看著我。」

「不可能吧，你是自己嚇自己吧？裂縫裏怎麼會有人？」

「我的感覺很敏銳的，如果有人在背後，我會馬上發現。剛才我就是覺得有人躲在裏面看著我。絕對沒錯。」婁含愈加緊張地說。

「那你怎麼不早說，還在那兒坐了那麼久？」我問道。

「一開始沒有問題，就是剛才我有些迷糊打盹的時候，突然覺得有人在盯著我，我還以為是你在惡作劇，結果發現四周沒人，是那個縫隙裏面有人。」婁含哀求地看著我，「你可不可以過去看一下？我有點怕。」

「好，英雄救美，義不容辭。」這個時候，我的心情依舊很放鬆，沒把這個事情當回事。

到了裂縫前面，我用手電筒向裂縫裏照了照，發現裂縫很深，而且中途好像轉向了，所以看不到洞底。我從下往上照過去，發現都沒有問題：

「沒事，你要是實在害怕的話，那你去洞口那邊守吧，我站在這兒好了。」

「好。」婁含轉身往洞口走，還回頭低聲道：「你千萬小心一點，不是我嚇唬你。」

「多謝關心，我沒事的。」我揮揮手，又打開手電筒照照石壁裂縫。

就在光線一晃的當口，我似乎看到了一個影子。那個影子似乎貼在石縫的底部，一閃即逝。於是我雙手抱胸，坐在石縫旁的石頭上，低頭假裝打瞌睡，卻一直用眼角餘光觀察著石縫，豎著耳朵傾聽裏面的動靜。不過，一直到我站崗結束，也再沒有什麼異常。

凌晨兩點時，趙天棟和吳良才把我和婁含換下來了。

我在睡夢中，再次見到了那雙紫色的眼睛。那雙眼眸凝望著我，似乎想和我說什麼，卻又說不出來。我迷惑地凝視著那雙眼眸，有一種似曾相識的宿命感覺。寒風一陣陣吹來，刺骨的冰寒，遠處傳來一聲尖厲的嘶吼，似乎有人被活活開膛破肚時的號叫一般……

我猛然從夢中驚醒，睜眼卻見到洞中的火已經燃盡，只剩下一堆燒紅的木炭，光線非常暗淡。我坐起身，發現二子他們都還熟睡著，才鬆了一口氣。

我抬頭去看趙天棟和吳良才，卻發現兩個人居然都不在。於是給火堆添了一些柴火，拿著手電筒到洞外找他們，可是找了半天，也沒有見到他們的身影。

我有些猶豫，想先等等看，但是又擔心萬一他們已經出了事情，這樣乾等反而耽誤了救援他們的時機。突然，一聲淒厲的號叫聲傳來，我嚇得一個激靈，驚得寒毛都豎了起來。我立刻想起剛才在夢裏聽到的那聲號叫，知道事情不妙了，連忙回到洞裏要叫醒二子他們。

我這時才發現，他們居然都不是睡著了，而是昏迷了。他們是中了一種很怪異的熏毒。我連忙去推泰岳，想把他弄醒，因為他是不怕毒的。但是，這一次，泰岳居然也昏迷了。

第六十二章

鬼猴夜叉

牠赤裸雙腳，弓著脊背，咧著大嘴，身形像一隻無毛的鬼猴。
但是，看牠的腦袋又像是人，只是腦袋上沒有毛髮，
而是滿臉滿頭一層層黑褐色皺皮，瘦臉闊嘴，
兩隻耳朵是三角形的，簡直像傳說中的夜叉。

我看著他們四個躺在地上，真是又急又躁，連忙打開張三公的背包，想從裏面找點解毒藥。這時，又一聲尖厲的號叫聲傳來，聲音更清晰了。我聽出了那是吳良才的聲音。

我抽出陰魂尺就向洞口奔去，隨即又停下了腳步。

我突然想到，現在我是隊伍裏唯一一個能活動的人了，如果我出去了，二子他們豈不是完全失去保護了嗎？是去救吳良才還是保護二子等人，孰重孰輕，一目了然。

我一咬牙，做出了決定，不管外面發生什麼事，我都不出去了，我要先把二子他們救醒，才能放心出去。

我繼續翻查張三公的包裹，找出了好幾瓶藥片，其中一瓶是「阿托品」，連忙給他們一人餵了兩片下去。

這種藥雖然解毒，但是副作用也很大，一般情況，吃一片就有很好的效果了。現在情況緊急，我就給他們吃了兩片。我相信，只要不是太重的毒，他們應該很快就可以醒過來了。

外面的號叫聲依然時高時低地傳來。我忽然覺得那叫聲有些不太對頭。如果說一開始聽到那叫聲會覺得那個人正在被殺傷的話，聽久了就會發現，那叫聲一點力待。度都沒有減，感覺很怪異。能夠想像得到的，就是那個人正在被人綁起來，鞭打虐待。

到底是什麼樣的虐待，可以使得一個人這麼淒厲地號叫呢？

我側耳聽著號叫聲，手向旁邊伸去，不覺按到了泰岳身上。我心中再次湧起了強烈的好奇。我毫不猶豫，迅速地將泰岳的臉扯了一下，想看看他臉上到底有沒有貼面具。沒想到，這張臉，居然是他的真面目！

這個人，莫非真的和那個混蛋沒什麼干係？難道一直以來，我的直覺都是錯的？但是，我不可能這麼遲鈍啊，難道說，還有其他原因？

這時，地上的泰岳突然一動，一下子從地上跳了起來。他迅速將腰裏的手槍抽了出來，指到我的腦門上。

「你想幹什麼？」泰岳陰沉著臉問道。

「你想幹什麼？」我氣憤地瞪著他。

「發生了什麼事情？這叫聲是——」泰岳皺眉問道。

「你們都中毒了，我剛給你們吃了解毒藥，你果然厲害，第一個醒過來了，他們大概還要等一段時間。趙天棟和吳良才都失蹤了，吳良才一直在樹林裏鬼叫，不知道發生了什麼事情。我擔心你們出事，就沒有出去。」

泰岳眉頭一擰，收回手槍，低頭沉吟道：「我居然也中毒了，能讓我中毒的東西，只有一種，難道說——」

「壞了！快，把火滅掉，不要再燒了，這些木頭裏有毒！」泰岳向火堆跑過去，又踢又踩，對我招呼道：「搞點水來，快，再讓他們呼吸這些煙氣，就永遠都醒不過來了。」

我連忙起身端起盛滿雨水的鐵盆，把整盆水都潑到了火堆上。

「吡——」木炭淬火的聲響傳來，火堆冒起一陣白煙，完全熄滅了。整個石室陷入一片黑暗。

我放下盆子，回身去摸地上的手電筒，突然一聲刺耳的尖叫從側面傳來。我抬頭一看，只見黑暗之中，一雙綠瑩瑩的眼睛正向我飄來！

我驚得連忙打開手電筒一照，看見一個極為怪異的東西站在我面前。

牠渾身包裹著濕漉漉的樹葉，赤裸著雙腳，弓著脊背，勾著腦袋，咧著一張大嘴，身形像一隻無毛的鬼猴。但是，看牠的腦袋又像是人，只是腦袋上沒有毛髮，而是滿臉滿頭一層層黑褐色皺皮，兩隻眼睛奇大，占了半張臉，顴骨高聳，瘦臉闊嘴，兩隻耳朵是三角形的，簡直像傳說中的夜叉。

這隻鬼猴夜叉被燈光一照，本能地抬起手臂遮擋光線，我這才看到牠的手裏抓著一根細長的竹竿。竹竿的一端削尖了，如果用力戳到身上，效果堪比利刃。

我迅速抽出陰魂尺，立刻向牠點去。

我不知道牠是什麼東西，但是，這個當口突然出現這麼一個玩意兒，來者絕對不善！在杳無人煙的莽莽山林之中，一切生物都要遵循叢林法則，物競天擇，適者生存！

先下手為強，後下手遭殃！我出手的速度很快，牠還沒有反應過來，就已經全身猛烈地顫抖，向前撲倒在地了。

「嘰哇——」洞口傳來一陣淒厲的叫聲，我愣住了，此時洞口居然擠滿了一模一樣的鬼猴夜叉！

泰岳也驚得臉上變色，他快步靠到我的身邊，低聲道：「你掩護我，儘量用你手裏的尺清除他們。子彈有限，要省著用。我們一定要守住。」

泰岳一手握著匕首，一手握起柴刀。柴刀長柄厚背，雖無刀尖，但是極利於砍劈，直接砍斷手臂不成問題。我們兩人做好戰鬥準備之後，洞口的鬼猴夜叉都已經走進石室，把我們圍了起來。

我把手電筒對著地面照著，借著黯淡的散光觀察牠們。我發現，這些鬼東西像大部隊進隧道一般，從外面源源不斷地擁了進來。牠們沒有馬上攻擊我們，只是用巨大的眼睛死死地瞪著我們，似乎在等待命令一般。我們對峙著，真是一種尷尬又滑稽的情狀。

我感覺到了很凶的戾氣，知道牠們絕對是要取我們的性命的。果然，洞口傳來了一陣淒厲的號叫，這些鬼東西突然像打了雞血的魔鬼一般，張開長滿尖牙的大嘴嘶叫著，揮舞著尖銳的竹竿，向我們衝了過來。

「光！」泰岳一聲冷喝。

我立刻會意，手電筒迅速抬起，一束刺目的光線向牠們的大眼睛掃過去。牠們果然承受不了強烈的光照，都抬臂遮擋，陣形立刻大亂。泰岳就衝進了牠們的隊伍中。

柴刀寒光霍霍，匕首雪刃輝輝，泰岳如同戰神一般，對這些鬼東西展開了殺戮！眨眼之間，已經有四五個被泰岳砍翻在地。

我站在石臺上，緊緊地守護著二子等人，一手拿著陰魂尺和手電筒。陰魂尺發出了強悍的氣場，將這些鬼東西擋在外圍，手電筒的光芒則緊緊跟隨著泰岳，幫他干擾牠們的視線。

最初的戰局是一面倒的。但是，這些鬼東西不笨，牠們閃身退到了洞口。泰岳不敢追趕，渾身黑血地站著。

我繼續用手電筒照著洞口，想將牠們逼退。但是，這些鬼東西居然一起舉起了樹葉，擋住了光線，貓著腰抬起了竹竿。

「小心！」我的警告還沒有說完，竹竿已經帶著風聲向泰岳飛射過來了。

泰岳翻身向後滾去，堪堪躲開了那些竹竿。起身的時候，泰岳手裏已經握著手槍。

「砰砰砰！」

「嗚哇——」一陣淒厲的慘叫，數隻鬼猴夜叉被子彈打飛了。

「哼！」泰岳斜眼看著那些鬼猴夜叉。我很能理解泰岳的心理，對手越強，他就會越興奮。這群智慧低下的鬼東西，自然不能給他造成心理上的壓力，所以，他感到很不屑。

經過了最初的緊張之後，我們已經放鬆下來。那些鬼東西接連失利之後，只是圍在洞口窺探，不敢再進來了。

「這些是不是就是那個什麼月黑族？」泰岳瞇眼道，「也沒什麼大不了嘛。」

我突然感到一股陰寒的氣息陡然從後面逼近，不覺一個激靈轉身一照。但是身後除了昏迷不醒的二子等人以及角落裏綁著的小趙之外，並沒有其他人。

我彎腰瞇眼看去，猛然發現有一個巨大黑影已經站在我的面前，像一塊冒著濃煙的大木頭，一雙綠瑩瑩的大三角眼正死死地盯著我。在對視的一剎那，我頓覺全身抽筋，有萬條毒蟲噬咬一般，整個人哆嗦著跪倒在地。

我跪倒在地的一瞬間，一支槍管頂到我的腦門上。我抬頭一看，只見小趙居然已經掙開繩索，滿臉戲謔地對我說道：「月黑之神降臨，你們的死期到了！」

我感到一股森寒刺骨的氣息傳遍全身。我的視線越過小趙的肩頭，想去看他身後那個黑影，卻看到了三張熟悉而詭異的面孔。

二子、張三公和婁含此時居然都站了起來，滿臉陰森地望著我。

「砰！」一聲震響，似乎是子彈發射，我驚得全身一顫，以為小趙開槍了，自己已經死了。但是仔細一看，這才發現小趙手裏根本就沒有槍，他只是用手指頂著我的腦袋，模仿了一聲槍響。

見我被嚇得面如土色的樣子，小趙猙獰地大笑起來，似乎非常暢快。見到他猖狂的樣子，我反而鎮定了下來。

我的身體漸漸恢復了知覺，刺痛感開始退去。這是我身體的特異能力正在起作用，再加上我修煉陽魂尺，現在基本已經可以抵抗大部分的噬魂之力。

剛才那個陰氣凝重的黑影雖然釋放出了強烈的噬魂之力，甚至在我腦海中造成了幻象，卻不能對我造成傷害。我心裏明白這些都是幻覺，並沒有失去神志。

我微微瞇眼，捏緊了陰魂尺，又抽出打鬼棒，咬著牙從地上站了起來。我聽到劇烈的打鬥聲從身後傳來，聽到石室底部傳來一陣窸窸窣窣的聲響。

我的四周一片蒼茫迷濛，四張青白詭異的面孔圍著我，面孔的後面是密密麻麻的鬼猴夜叉。牠們陰冷嘲諷地望著我，彷彿我是一隻裝在籠子裏供觀賞的動物。

風沙吹過來了。我抬頭向上看去，發現自己居然身處一片無邊無際的沙漠之中。大漠的上空烏雲壓頂，烏雲之上有一張巨大的鬼臉，一雙三角形的綠色鬼眼正冷冷地望著我。

「嗚哇——」所有的鬼猴夜叉一起向我撲了過來。

我屏氣凝神，沉著應對，打鬼棒翻飛砸出，陰魂尺不停掃出，將鬼猴夜叉悉數打飛了出去。可是，牠們如同潮水一般湧來，我漸漸感到體力不支，開始喘粗氣。

我現出疲態時，巨大的鬼臉發出低沉的聲音：

「入我死魂陣，靈魂化沙塵，凡人，哼哼，哈哈哈——能奈我何？」

「死魂陣？」我猛然間驚醒了，無奈和絕望的心情一下子得到了釋放。如果那個鬼臉一直不說出這個陣法的名字，我的下場可能真的會很慘。但是，現在我想起了姥爺曾經教過我這個死魂陣。

普通的陣法，針對的是人的身體和氣運，採取八卦七星占位的辦法，封堵犯陣之人的氣運生門造成傷害。而死魂陣卻屬於靈魂控制的法陣，針對人的靈魂進行操控。剛才應該是那個黑影通過雙目交接之時的靈力傳遞，來對我施展的。

這是我出道以來第一次遇到擁有清醒意識和極高修為的陰魂，這是我面對的最強大的敵人和最困難的戰鬥！

我開始尋找法陣的生門。因為稍通五行八卦的人，都知道生門所在，所以，法陣的施法者都會想辦法封住生門，這就叫「吉門被剋吉不就」。

我衝散了這些鬼猴夜叉，向著一般的生門東北方向移去，發現那邊是一片黑森森的密林，知道此路不通了。森林屬木，生門屬土，木剋土，生門已然被剋。

鬼猴夜叉又追了上來，我不得不全力應戰，然後又向法陣西南方向的死門衝去。

「哼，自尋死路，哈哈哈！」頭頂的鬼臉又發出了冷笑。

我來到死門的方位，有一座直插雲霄的高山，山也屬土，肅殺一切，大凶。

我站在高山之下舉目四顧，無奈地嘆息。我知道那個施展法陣的陰魂正在觀察我的一舉一動。

我現在所在的空間，並不是現實的空間，而是那個陰魂幻化出來的靈魂空間。這個靈魂空間完全由它的靈力支撐，它想有什麼，這裏就會出現什麼，連時間都由它支配，在這裏，它就是神！

我仰望著那張鬼臉，又看著那些潮水一般的鬼猴夜叉，如果我再衝不開法陣，就真的只有死路一條了。我一咬牙，收起了打鬼棒，抽出了陽魂尺！

陽魂尺一入手，驚悚可怖的鬼怪異象立刻在腦海中映現。我連續深吸了好幾口氣，才抑制住那種陰寒透骨的攝魂氣息，迅速向面前的高山衝去。

我最多只能支持十來分鐘，我必須在這短暫的時間裏，最大限度地發揮陽魂尺的作用！

這個靈魂空間裏，越大塊的東西，也就蘊含著越多的靈魂之力，比如面前這座高山。我一聲冷笑，陽魂尺直插山石之上，一陣陰風頓時呼嘯而起，整個世界變色，天空中的鬼臉也扭曲了起來，似乎極為痛苦！

果然有效！我把陽魂尺連番揮出，不停向山石上插去。每插一下，高山就縮小一分，山上的陰氣就退去一分。片刻工夫，整座高山完全消失了，我的面前成為了一片漆黑的虛無。我再看向身後，發現法陣世界也完全消失了。

此時四周一片漆黑，但是我踩著硬實的地面，這說明我已經恢復了神志，回到了石室中。果然，我聽到背後傳來一陣劇烈的廝打聲，想必是泰岳和那些鬼猴夜叉幹上了。

我的手電筒在我的神志被陰魂控制的時候摔壞了，石洞裏一片漆黑。我連忙掏出打火機點亮，從二子的背包裏又掏出一個手電筒，掃射著石室。

沒想到，我並沒有看到鬼猴夜叉，卻只見泰岳正在和一個黑影廝打。黑影背對著我，身手非常敏捷。泰岳手裏是一把匕首，或許是他根本就沒有機會拔槍。一寸短一寸險，近身搏鬥，匕首的速度可以比子彈更快速，更致命！

「我來幫你！」我呼喝了一聲，就要加入戰鬥。

泰岳卻低吼道：「不要過來，小心你側後方！」

我果然聽到側後方傳來一陣低沉細碎的聲響，連忙轉身一照，只見數隻鬼猴夜叉已經潛到離我不到兩米遠了。牠們低頭躲避著光線，卻用盡全力將手裏的尖利竹劍向我戳來。

我並不感到緊張，飛身一躍，躲開了竹劍，陰魂尺飛速掃出，瞬間將鬼猴夜叉都放翻在地。

「砰！」一聲悶響突然從側面傳來，我只感到左臂如遭電擊，手電筒一下子脫手飛了出去。手電筒落到了地上躺著的二子的胸口上。

我捂著刺痛的左臂，迅速向後退，抬眼看到一個人影正拿著一把氣槍指著我。這一次，真的是小趙！

此時小趙雖然掙脫了繩索，卻沒有把嘴裏塞著的臭襪子取出來，神情極為怪異地看著我。

氣槍雖然沒有多大威力，但是近距離擊中目標，殺傷力還是很可觀的，我的左臂被打出了一個血窟窿。我強忍痛楚，好不容易穩住心神，趁小趙還沒有反應過來，矮身撲了上去，陰魂尺向上一捅，點中了他的小腹。

「咕，咯咯——咳咳——」小趙全身一抖，一陣劇烈咳嗽，咳掉了臭襪子，竟然一掂手裏的氣槍，用槍托向我的後背砸過來。

我沒想到這傢伙中了我一尺還能活動，連忙向側面翻滾。躲過槍托之後，我迅速躍起，又向小趙撲去，準備給他致命一擊。但是，我身在半空的時候，卻看到小趙的眼睛變綠了，正散發出一股熒熒的光輝。

我這才發現，小趙背後站著一個黑影，黑影上煙氣繚繞，陰森的黑氣把小趙包圍了起來，小趙陷入了一種癲狂的狀態。也就是說，我現在所面對的小趙，其實就是那個陰魂。

我驚出一身冷汗，慌忙之中想更換手裏的兵器已經來不及了，最後只能一尺捅到了小趙的胸脯上。但是，陰魂根本不懼陰魂尺，我這一下攻擊是徒勞的，不但徒勞，還把我的身體送到了小趙面前，進入了他的攻擊範圍。

在我落下的瞬間，小趙手裏的槍托重重地砸到了我的臉上。我頓時覺得臉上一陣火辣麻木，眼前星星亂飛，腦子嗡嗡亂響。我好不容易才穩定了身體，沒有倒下去。

小趙舉著槍托再次向我的臉砸過來。我眼睜睜看著槍托在視野裏越放越大，卻沒法躲開，又重重地挨了一下，鼻血噴了出來，整張臉完全麻木了，意識也越來越模糊，身體終於向後一仰，倒在了地上。

「哇哈哈哈——」小趙猙獰地大笑著，槍托高高抬起，向我的胸口砸下來。

我一陣心驚，如果再任他打下去，我就要被搗爛了！我緊咬刺痛的牙關，奮力抬起手臂向上迎去，一把將他的槍托抓住，向上推過去。

但是，由於受到陰魂的控制，此時小趙的力量已經有了陰魂的邪力，那種力道可以摧山裂石，我這點力氣哪裡是它的對手？我只感到手上重逾千斤，根本無法托舉起來。

「嘎啦」一聲輕響，我清晰地聽到肘關節由於用力過度，而產生了錯位。我的手臂無力地耷拉下來，槍托順勢直下，一下子砸到我的小腹上。

「噗——」我被砸得身體呈弓形抽起，一口血水噴吐出來，感覺腸胃都被砸裂了，全身抽搐起來。

「哇哈哈——」小趙咧嘴大笑，綠色的眼睛裏發出興奮而驚悚的光芒。

我艱難地喘息著，感覺全身快要失去知覺，進入瀕死狀態了。

這一刻，我的心情很複雜。這一趟冒險，似乎從一開始就鑽進了一個巨大的圈套中，我根本就沒有掌握主動權，一切都在按照別人設定好的劇本走。有一股看不見的力量在推著我一步步走向危險的漩渦。

我們為什麼會這麼被動，會這麼曲折？這到底是怎麼回事？不對，這一切都不對！

這並不是我臨死前產生的怨念，而是這時我的身體劇痛，頭腦反倒更清醒了，似乎之前的自己一直處於迷濛的狀態。

對，就是這樣！我在不知不覺中早已被人控制了神志，使得我的頭腦也變得遲鈍了。我猛然想到，有一種迷魂的法術，可以讓人處於半昏迷的狀態。難道我是中了這種法術？可是，給我施法的人是誰？又為什麼要迷惑我？他們到底有什麼目的？

不對，這裏面還有問題！

我意識到，我們的隊伍裏有奸細！而那個迷惑我的人，很有可能就是奸細！這個人之所以進入我們的隊伍，肯定不是要幫助我們完成任務，而是要搞破壞，要把我們領到死路上去！

「噗——」就在我腦子飛轉的時候，我的小腹再次遭到重擊。這一次，我緊繃全身肌肉，硬生生接下了這一記，而且還閉上眼睛，假裝昏迷了。

現在我需要時間整理思路，我需要冷靜地思考清楚。

「嘿呀——叱——」一聲倒抽冷氣的悶哼聲傳來。

我偷偷望去，發現泰岳占了上風。黑衣人抱著手臂，弓腰冷眼看著泰岳，正在喘息著，似乎心有餘悸。

泰岳輕輕舔著匕首上的血滴，狼一般的眼神死盯著黑衣人說：「怎麼樣，還要繼續嗎？」

「嘿嘿，果然是特種兵出身，身手不錯，近身格鬥我不是你的對手，但是可惜，你也只能逞能到這裏了。」黑衣人低沉地冷笑著，一邊說話一邊向後退去，突然用手一抹手臂上的血滴，抬手將血滴向陰煞纏身的小趙彈了過去，念了一句咒語：「天地玄黃，戾氣恆強，六道之外，聽我喧響，急急如律令，去！」

小趙突然猙獰地冷笑起來，丟開我，轉身向泰岳撲去。

「現在就讓他來陪你玩，有本事的就再接接看！」黑衣人縮身躲到了小趙背後。

趙的蠻力掀飛了。

泰岳冷喝一聲，揉身而上，想和小趙近身對抗，卻不想，第一回合交手就被小

「咕咚」一聲悶響，泰岳跌到地上，起身時臉色已經變了，他意識到小趙的力道有些怪異，不能硬拼，連忙翻身後退，拔出手槍，抬手向小趙的頭上打去。

「噗——」泰岳命中了小趙的眉心，在他的腦門上留下了一個血窟窿。血窟窿中流出了紅白混合之物，順著鼻梁拖拉下來，使得小趙更加猙獰可怖。

但是，最恐怖的是，小趙居然渾然不覺，依舊咧著嘴，冷笑著向泰岳衝過去。

見子彈對他沒有作用，泰岳連忙收起手槍，提起柴刀，準備再次進行近身格鬥。

就在泰岳和小趙纏鬥的時候，黑衣人卻轉身向我和二子等人走過來。他先看了看我，冷哼道：「哼，小子，真是不自量力，你和道爺我作對，真是嫌命長啊——」

我心裏一動，偷偷向他蒙著黑布的臉上看去，根據眉毛、印堂的形狀和聲音，我終於認出這個人正是吳良才！

原來他就是奸細！而如果他是奸細，那麼趙天棟也和他是一夥的。

吳良才從懷裏掏出一個小布包，捏出了一根白色骨釘，走到我身邊，冷笑道：

「嘿嘿，既然你們自尋死路，那就讓你們成為偉大的金月王的奴僕吧！嘿嘿，這白骨噬魂釘可就送給你們了，哈哈哈——」

我倒抽一口冷氣，感到一陣刺骨的寒冷。

白骨噬魂釘是一種極為陰毒凶殘的控魂暗器。按照《青燈鬼話》上的說法，這是用死人骨頭做的，只需將骨釘釘進人的天靈、天樞、命門三大穴，即可封死人的三魂七魄，然後對骨釘施以咒法，可以控制別人的心神。被這種骨釘控制的人，無異於行屍走肉，只要身體不被完全破壞，魂魄就不會外洩，就會一直被操控者利用。但是，施用這種骨釘極度耗損陰德，長此以往，必遭天譴。

「嘿嘿，小子，這是骨煞釘，你就好好接受偉大的金月王的折磨吧，哈哈！」吳良才瞇眼說道。

這時候，如果沒有奇蹟發生的話，我們這支隊伍就要全軍覆沒在這裏了。

白骨噬魂釘分三種，是屍骨釘、骷髏釘和骨煞釘。屍骨釘是用剛死不久的屍骨做的，效力較弱，骷髏釘是用已經腐朽得只剩下骨頭的骷髏之骨做的，效力相對強悍。而最厲害的就是骨煞釘，是用已經化成陰煞的骷髏之骨做的，不但凶險異常，而且陰氣極重，會完全變成施法者的奴隸。

我急得全身暴出了一層冷汗。於是，我儘量放鬆呼吸，利用這僅有的時間恢復力量，準備絕地反擊。我只能靠自己了！

吳良才冷冷地奸笑著，捏著尖利的骨釘，向我的命門穴插去。

我一直等到骨釘已經插進我的肉裏，而他很專注地盯著骨釘時，我才猛然一聲暴喝，鼓起全身力量，握拳全力擊出，一拳打到他的太陽穴上。

「砰」一聲悶響，吳良才被砸得整個人橫飛出去，他晃了半天腦袋，才勉強爬了起來。

「沒想到你居然還有力氣，嘿嘿，我真是小看你了！」吳良才緩緩抽出一把寒光閃閃的匕首，一步步向我逼過來，沉聲道：「但是，你還是沒法和我對抗的。」

我心頭一凜，不敢和他硬拼。此時，我一條手臂肘關節錯位，無法移動，另一條手臂中了一槍，傷口還沒癒合，身上頭上也有多處挫傷，幾乎半殘廢了，根本沒法戰鬥。

我用還能動的左手握住陰魂尺，艱難地坐直身體，一點點向後退去，儘量拉開與吳良才的距離，給自己爭取多一點時間。

我的傷雖然重，但是，我的恢復能力也是驚人的。我只需要一點點時間，就可以再次恢復戰鬥力。

可是，吳良才不會給我這個機會。想必他已經意識到，在這支隊伍中，我才是真正有威脅的人，所以，他想儘快解決我。我知道他的身手也不弱，通過剛才他和泰岳的對戰，就知道他其實是一位格鬥高手。

我真的有些絕望了。我猛然想到，現在就算我打敗了吳良才，接下來還要面對那些鬼猴夜叉的圍攻。這一關，我們真的很難過去了。

莫非，這就是天命，注定我要折在這裏？不，我要反抗，我是方大同，只要我咬緊牙堅持住，一切皆有可能！

無比堅定的求勝意志從我心底升起，瞬間將我的脊梁支撐了起來。

我頂著麻木青腫的頭臉，艱難地喘息著，從地上站了起來，冷眼看著吳良才。

「好小子，有種！」吳良才身影一晃，手裏的匕首向我的小腹刺來。

我在原地不閃不避，直到匕首尖端已經觸及皮膚，才猛然抬手，陰魂尺如菜刀一般用力剁下！

「喀嚓」一聲骨骼斷裂的聲響，吳良才丟掉了匕首，滿臉痛苦地捂著手腕，齜牙咧嘴地向後退去。我的力量雖然比不過那個陰魂，但是，對付他卻綽綽有餘了。

「好，好，果然有點力氣！」吳良才強忍疼痛，瞇眼看著我，突然掏出一疊符籙，轉身「啪啪啪」貼到二子等人的額頭上。

我心裏一沉，連忙彎腰去揭掉離我最近的婁含額上的紙符。吳良才又拔出了桃木劍，一邊點燃手裏的符籙，一邊用劍挑起，瞇眼念咒道：

「乾坤惶惶，陰死棄陽，六煞攻心，七煞蒼茫，入我玄門，聽我宣唱，急急如律令，起！」

隨著咒語響起，躺在地上的二子和張三公突然直挺挺地站了起來。婁含的紙符已經被我揭掉了，所以沒有起身。

「唔呀呀呀——去吧，殺殺殺——」吳良才揮舞著桃木劍跳動起來，隨著他的指揮，二子和張三公像殭屍一般抬起雙臂，一跳一跳地向我衝過來。

我擔心傷到他們，不敢用陰魂尺對付他們，只好掏出了打鬼棒，勉強招架住他們的攻勢，再伺機想辦法揭掉他們臉上的紙符。

這時，一陣冷笑從身後傳來。我一回頭，只見我認為沒事的婁含居然也站了起來，正齜牙咧嘴地瞪著我，而她的手中端著一把氣槍，正瞄準我的頭。

我還沒有反應過來，只聽「砰」一聲悶響，一顆鉛彈命中了我的眉心。我只聽到無比刺耳的耳鳴聲，隨即整個大腦停滯了。

我感覺全身的血液似乎都停滯了，全身殭直，一股黏稠的液體慢慢流到了眼角和鼻端。我全身劇痛，額頭已經麻木了，也不知道眉骨有沒有破裂。我深吸了一口氣，繃緊全身肌肉，集中最後一絲意志力，強行控制自己的身體立而不倒。

婁含手裏的氣槍一調頭，槍托向我的臉上砸了過來。我微微瞇眼，看清了婁含的身後也趴著一個黑氣繚繞的人影。我再向四下看去，這才發現，此時石室中已然黑氣氤氳，情形與陽魂尺的噬魂場面差不了多少。

「一陰不算陰。」我突然想起之前吳良才看這個洞的風水時說的話，猛然徹悟了。

這一路上，我的精神的確一直被人控制了，不然我不會犯下如此嚴重的錯誤。這個石室表面看來只是「一陰之地」，但是入夜之後，陽氣洩竄，加上洞口兩株古樹的陰力，已經變成了雙陰之地。而這雙陰正好位於朱雀玄武中軸線上，前後封死整個石室，陰力已然前後貫穿一氣，完全壓制了陽氣，再加上這個石洞東西方向的青龍玄武兩宮都隱於山體之中，也變成了兩大陰宮。如此一來，石室便成了四陰之地。

「一陰不算陰，雙陰勿太近，三陰不見天，四陰鬼影現，五陰風刺骨，六陰鬼夜哭，七陰肉不腐，八陰活人禁，九陰通幽冥！」這是姥爺傳授過的風水玄學口訣。如果只是一個方位出現陰位還沒什麼，正常人的火氣都可以對抗，但是如果陰位太多，則是大不吉，最嚴重的是九個方位全部都是陰位，那就是極凶險之地，活人根本沒法居住。這個石室是四陰之地，對活人大為不利。可是，我發現得太晚了。

泰岳還在和陰魂纏身的小趙搏鬥。但是，就算他們分出了勝負，對局勢也沒有多大幫助了，因為，我即將倒下，泰岳很快就要孤軍奮戰了。他定然無法在保全自己的情況下，同時保護我們的。我們的命運此時已經注定了，那就是——被消滅！

我正式出道的第一次任務就如此凶險，莫非上天真的要將我趕盡殺絕嗎？是我做了什麼缺德的事情，活該受到天譴？

不對！不做壞事，也並不意味著就不會遭到天譴。

當婁含手裏的槍托擊中我的臉的一瞬間，我終於明白這一切是怎麼回事了。就算沒有做壞事，但是，如果做了另外兩件事情，一樣會遭到天譴。一個是洩露天機，另一個則是逆天改命！

我還沒有習得神機妙算，所以未曾洩露天機。那麼，唯一的解釋，就是我逆天改命了！而我只改變過一個人的命運，那就是林士學。我也聯想到，姥爺之所以患上莫名的怪病，很可能也是因為遭到天譴。

這一個瞬間，我的心裏開朗了。而下一個瞬間受到的重擊，讓我幾乎失去了知覺。我在地上躺了半天才緩過氣來。

「哈哈哈哈——」見我終於倒地，吳良才得意地大笑起來：「小子，偉大的金月王的英魂已經到了這裏。這裏所有的人都將成為金月王的奴隸，你就安心去死吧！哈哈哈——」

我艱難地呼吸著，沒有睜眼，也沒有動彈。我的心裏只有一個念頭，如果我現在的遭遇真的是天譴的話，要如何解除？

《青燈鬼話》上說，天譴大致分為災劫、雷劫、天劫三種。災劫是針對人類的，雷劫針對精怪，天劫針對飛升之身。災劫又分為水火災、血光災、滅頂災等。我現在遭遇的，就是血光之災。那麼現在我血都流了不知道多少了，災厄應該已經解除了才對。難不成，我要遭遇滅頂之災？

那麼，要怎樣做到滅頂而不亡呢？滅頂，顧名思義就是把頭剁下來。這世間有誰可以做到這一點？天譴即成，真仙難逃！

所謂天譴，其實並非真的是上天神靈對人的懲罰和譴責。逆天而行擾亂了天地之間自然流轉的陰陽氣運，而氣運反噬才遭天譴！

天地間一切人事，看似偶然，實則冥冥之中，很多事情早已注定。氣與運同屬一理，卻有完全不同的展現方式，二者相輔相成，氣於內，運於外，共同決定人一生的道路。以氣運結合五行八卦的星位占卜，就可以準確地算出一個人的命運。

姥爺說過，他真正厲害的本事其實是算命，但是他卻從來不算，就是擔心洩露天機，遭到天譴。

這個時候，我心裏很憤怒，恨那個一路上一直控制我心智的混蛋。我早就應該覺察到天譴即將到來了，這一路上橫生枝節，這麼多亂七八糟的劫難，都是天譴即將到來的徵兆。

「哈哈，小子，你就乖乖躺著吧，就讓我把這根釘子插進去吧！」

由於一隻手腕被我砍斷了，吳良才的動作變得很笨拙。他抓著我的頭髮，把我從地上拖起來，讓我坐著，他用腿撐住我的後背，對準我的天靈穴，骨釘就要插下來了。

我驚得渾身緊繃，一旦骨釘插進腦袋，我就算能夠再把它拔出來，也活不了了。我緊咬牙齒，拼命扭動腦袋躲閃著。吳良才則更用力地抓住我的頭髮。

我在心裏怒吼著，使出全身力氣掙扎著，卻都是徒勞，我受傷太重了，根本就沒有力氣和他抗爭。吳良才也有些火大，他把我的頭髮都扯下了一些，又將我按倒，兩腿死死夾住我的頭，骨釘開始刺進我的頭皮。

我驚悚地喘息著，一股冰涼刺骨的感覺從頭皮傳來，我有生以來從沒有如此絕望過。我心中嘆息一聲，無力地等待著死亡降臨。

「周天阿羅，三界六道，陽氣上浮，陰墟退散，崑崙神劍，驅魂斬仙，急急如律令，去！」洪亮的念咒聲突然響起。

我勉強地睜眼看去，只見趙天棟一身泥水，渾身傷痕，一手拿著手電筒，一手握著黑色鐵劍，冷冷地看著我。

我心裏在苦笑，知道他是和吳良才一夥的，更加感到絕望。但奇怪的是，吳良才居然停下了給我插骨釘的動作，接著竟然一把將我丟開，緩緩提起桃木劍，問道：「你居然還有命活著回來！」

「哼，你以為那些小鬼小怪就可以難倒我嗎？你以為你潛入我們的隊伍，還對我示好，就做得天衣無縫了嗎？我告訴你吧，我從第一天見到你，就防著你了。剛才你把我引出去的時候，我就已經留著後手了。你可真是太小看我了！」趙天棟憤怒地說。

我心裏一動，這麼說來，趙天棟和吳良才不是一夥的？

吳良才是那個金月王的走狗，我們此行想要挖掘的墓地，想必就是金月王的。吳良才應該是金月王的守墓人，而他所屬的嶗山一派是反盜墓的。趙天棟的出現打亂了吳良才的計畫，也使我重新燃起了希望。

我暗暗掐指一算，意外地發現，此時我身上的天譴之劫居然消失了。想來，吳良才將我的頭髮拔掉了一些，又在我的天靈穴扎了骨釘，我已經算是有過滅頂之災了。所以，趙天棟才會在此時出現來救我。

我現在得到了喘息的機會，就可以再次扭轉坤乾！

趙天棟，你是我方大同的大恩人，我這輩子都會記得你的！

我心裏禁不住有些感嘆，天道恆常，循環不息啊！我閉上眼睛，開始放鬆身心，身體的強大自癒能力起作用了。

第六十三章

禁地鏖戰

「砰！」一聲槍響。

吳良才抬眼向前一望，全身一軟，仰面向後倒去。

我這才看到，他的眉心有一個指頭大小的血洞。

我抬頭向前看去，泰岳不知道何時已經拔槍在手，

在他的身後，小趙已經一動不動了。

「嘿嘿，你居然還是防著我。」吳良才冷笑道，「我真不知道你是從哪裡看出來的，我可沒有露出任何破綻。」

「哼哼，吳良才啊吳良才，你真的不明白我為什麼可以認出你來嗎？你知道我又是為什麼會加入這個隊伍的嗎？」

「哼，你們就是覬覦金月王的財寶，都是一群財迷心竅的小人。你們既然來了，就必死無疑。你們會為貪心付出慘重的代價！」吳良才冷喝道。

「哈哈哈，吳良才，你真以為我是財迷心竅的假道士嗎？我乃崑崙山蒼鶴真人座下大弟子天機子。我師門高深，錢財於我如糞土，道爺我會需要錢財嗎？」

「哈哈哈，好個師門高深，那我倒要問問你，到底為什麼來這裏？」吳良才不屑道。

「說給你聽也可以。我來這裏有兩個目的，第一是為了一個奇物。第二個目的，和你大有關係。」趙天棟說道。

「十年前，有一位道士來過這個地方。他來到這裏的目的，和我的第一個目的相同。他當時幾乎已經找到那個奇物的確切位置了，他始終堅信天人合一，不願意為了一己私利而破壞他人的氣運脈象。原本，他要是採取暴力手段，是可以輕易拿到那個奇物的，但是他沒有。可是，即便他心存善念，卻依舊遭了毒手，慘死在深山密林之中，屍骨無存。」

「哼，這種人，想必是得罪了苗疆之人，想要竊取苗人的聖物，死不足惜！」吳良才冷哼道。

「他不是那樣的人！他之所以死去，是因為有人覬覦他身上攜帶的法寶，所以暗算了他。要不然，憑我師弟的修為，又如何會輕易喪命？」趙天棟冷眼看著吳良才，「吳師兄，你說是不是？」

「我怎麼知道是不是？」吳良才的眼神有些躲閃。

「你真的不知道嗎？你腰間那塊崑崙玄玉是從哪兒來的？你既然有我師弟生前所佩之物，那我師弟到底是怎麼死的，你真的不知道？」趙天棟盯著吳良才腰間掛著的血藍色玉玦問道。

吳良才不覺一怔，下意識地看了看玉玦，大笑道：

「哈哈，沒想到那個人是你的師弟，這還真是巧了。那麼，你是要為他報仇了？」

「有仇不報非君子。正因為這塊玄玉，我從一開始就沒有真正信任過你。現在，你應該知道，為什麼你那個可笑的陷阱和那些醜陋弱智的小鬼頭無法奈何我了吧？」趙天棟冷笑道。

「好，沒想到百密一疏，被你發現了。嘿嘿，你別以為這樣就可以扳倒我了，你不要忘了，這裏是我的地頭！」吳良才突然向後一躍，揮舞手裏的桃木劍，念念有詞道：「幽冥有道，王氣縱橫，聽我號令，殺滅天兵！」

隨著咒語響起，靜謐的石室中猛然刮起了一陣黑色陰風，無數鬼影晃動。在吳良才的指揮下，這些鬼影陰風和婁含、二子、張三公這些神志喪失的人，都一起向趙天棟衝過去。

趙天棟瞇眼一聲冷笑，咬破中指，一滴鮮血嘀到手裏的劍之上，也念咒道：「以我純陽，化為真火，燒盡陰邪，燃盡虛空！」

趙天棟手裏的劍從黑色化為赤紅，如同一根燒紅的木炭。

我瞇眼看去，看到劍身之上居然隱隱有一層火焰在燃燒。我心裏一驚，知道這是上乘道法。三昧真火乃是純陽，可以剋殺一切陰邪。

趙天棟揮舞火劍，迎頭直上，劍到之處，陰風立散，婁含等人也在火劍的一觸之下喪失了行動之力，再次一翻白眼，軟倒在地。

「哼，雕蟲小技也想對付我，你真是不自量力。你這種人，如果不是搞暗算，又能勝過誰？」俐落地破除了吳良才的陰風陣之後，趙天棟冷笑道。

「嘿嘿，好，你果然道法高強。你說得對，我憑藉實力確實鬥不過你們。但是，你知不知道我是幹什麼的。」吳良才甩手丟了桃木劍，突然從懷裏掏出一隻黑色木盒，對準了趙天棟一按機括，一片牛毛鋼針向趙天棟灑了過去。

趙天棟瞬間變色，連忙翻身躲避，卻還是沒能完全躲開，小腿被鋼針打中了。

「唔——」小腿中針之後，趙天棟全身一滯，連忙彎腰將鋼針拔掉。他掀起褲腿的時候，卻發現腿肚上已經是一片紫黑，鋼針上帶著劇毒。

吳良才隸屬的嶗山一派，最擅長的就是機關暗器。所以，吳良才在鬥法上不是趙天棟的對手。

趙天棟額頭沁汗，咬牙瞠目，雙目中充滿了怨恨。他咬牙再次掣劍站起，想向吳良才發動進攻，卻是腿一軟，又歪倒在地。

「啊哈哈哈哈！」吳良才得意地大笑起來，他收起手裏的機括，拔出了匕首：「趙師兄啊，真是不好意思，這鋼針上有金針蛇的劇毒。中毒之後，最多能活幾個小時。你中毒之後，首先會全身麻木，不能動彈。既然不能動彈嘛，嘿嘿，趙師兄，我跟隨一位醫生學過解剖，手藝雖不精湛，但是，把你開膛破肚，慢慢掏心挖肺，還是可以的。」

吳良才一步步向趙天棟走過去。

趙天棟全身抽搐，汗如雨下，毒素已經蔓延到他的全身，他只能眼睜睜地看著吳良才走到自己面前，將寒光爍爍的匕首向自己心窩插去，臉上已經絕望了。

吳良才這時心情很好，他饒有興致地比劃著匕首：

「你就安心去陪你的師弟吧，當年，他也是這樣死掉的。哈哈哈！」

「砰！」一聲槍響。吳良才不敢置信地抬眼向前望了望，接著全身一軟，仰面向後倒去。我這才看到，他的眉心有一個指頭大小的血洞。

我抬頭向前看去，只見一直在和被陰魂纏身的小趙纏鬥的泰岳，不知道何時已經拔槍在手，在他的身後，小趙已經渾身是血、一動不動了。泰岳的臉上青腫了一大塊，身上也都是血，看來吃了不小的虧。

現在，我們面臨的凶險局勢總算得到了緩解。將吳良才擊斃後，泰岳沒有去理會趙天棟，先把我扶起來，仔細地查看我的情況。他很麻利地幫我復位手臂，發現我傷勢很重，緊皺起了眉頭，焦急地去翻查張三公的藥箱，想幫我處理傷口。

這時，我雖然傷勢很重，但是頭腦卻很清醒。我見趙天棟滿臉青紫，情況非常危急，說道：「我沒事，休息一下就可以了，你先幫趙天棟解毒。他的情況很嚴重。」

見我的意識還算清醒，泰岳這才鬆了一口氣，有些慶幸地慘笑道：

「嘿，看來你的恢復能力確實很強，我擔心倒是多餘了。」

泰岳走到趙天棟身邊，幫他清理了傷口，又找了蛇毒血清給他注射。趙天棟的臉色這才恢復了一點，氣息也平和了一些。

泰岳又去查看二子他們的情況。這時，我的體力已經恢復了一些，傷口也癒合了大半。我擔心泰岳檢查婁含時發現異常，就掙扎著站起身，走過去幫他。

為了幫婁含掩護，我親自對她進行檢查。泰岳見我強打精神照顧隊友，定定地看了我一會兒，才低頭一邊給二子和張三公做推拿甦醒護理，一邊聲音有些哽咽地問道：「方曉，我們磕個頭，拜個把子怎麼樣？我真心想和你做兄弟。你願意嗎？」

我沒有想到泰岳會在這個時候提出這個要求，心裏疑惑的同時，也有些受寵若驚。

「如果你願意的話，我當然樂意，只是，我是個小孩子，你要是收我當小弟，以後可有的你煩的，我會惹很多麻煩的。」我微笑道。

「嘿嘿，你放心，以後你的事情，就是我的事情。你叫我一聲大哥，我上刀山下火海也絕不猶豫！」泰岳神情有些激動，一把將我拉起來，說道：

「我沒有親人，也沒有遇到過一個能夠交心的人。但是，現在你讓我知道什麼叫做血性，什麼叫做情義！好兄弟，你是我泰岳第一個真心嘆服的人。」

「大哥，你過獎了。」我有些羞澀地說。

「不，你絕對當得起，好兄弟，你雖然年輕，但是，你在危難時候，為隊友挺身而出，頭腦清晰，又身懷絕技。好兄弟，我就是看好你！」

「哦，大哥，你說得太玄乎了吧？」我愈加有些扭捏。

「嘿，我的直覺一向很準的。」泰岳拍拍我的肩膀，有些激動地說：「天快亮了，走，好兄弟，我們到洞口，面朝東方磕頭去！」

我不覺也有些心潮澎湃，卻還是有些擔心地上躺著的三人：「他們沒事吧？」

「放心吧，沒事了，他們休息一下就會醒過來了。吳良才和小趙已經死了，絕對不會出事的。」泰岳拉著我就向外走。

「昨晚還下雨，今天不知道會不會出太陽？」我一邊走一邊說道。

「要是上天願意讓我們結為兄弟，就肯定會出太陽！」泰岳滿心興奮地說。

天色熹微，晨光已然亮起。下了一整夜的雨，山林裏空氣極為清新。涼風習習，樹葉簌簌，草色翠綠。

我們深吸了一口氣，有些欣喜地對望了一眼，接著一起面向東方。

東方叢林鬱鬱，空中繚繞著一抹霧色，有些迷濛。沒過多久，天際的雲層泛起一抹銀紅，接著，萬道霞光如利劍一般衝破雲層，瞬間掃蕩稀薄的霧氣。一輪鮮紅的朝陽從雲層後冉冉升起。

我們一起雙膝跪地，對著那輪紅日，舉手明誓。

「不求同年同月同日生，但求同年同月同日死！」

「從今天起，我們結為異姓兄弟，如有相叛，天誅地滅！」

「大哥，請受小弟一拜！」

「好兄弟！」

我和泰岳回到山洞的時候，除了趙天棟之外的三個人都已經醒來了。見到石洞裏狼藉一片，他們都是滿心疑惑。我和泰岳就把夜裏發生的事情給他們詳細說了，他們心有餘悸，連嘆好險。

經過一夜的戰鬥，我和泰岳都疲憊不堪，在他們打掃戰場時，囫圇睡了一覺。我們在石洞外面的草地上飽餐了一頓之後，才繼續趕路。趙天棟中毒太深，出發時還沒能好過來，一直青紫著臉喘息著。

我們六個人騎著馬，很快就來到梅花山下。梅花山幾乎沒有小於四十五度的坡，馬匹根本沒法上去，我們只好棄馬徒步向上攀爬。幸好山石嶙峋，古松盤曲，借力之處很多，攀爬起來倒是不困難。

日頭偏西的時候，我們到達了山巔。山巔上沒有多少植被，只有幾株細小彎曲的松柏在料峭的寒風中抖動，顯得蕭索荒涼。山上沒有雪，抬眼向西北方向望去，卻可以看到遠處連綿不斷的皚皚雪峰。

我們現在所在的地域已經接近崑崙山麓的最東邊，只要我們再往西北方向走一段，就會到達崑崙山脈的雪山下方了。

我們可以清晰地看到山下鬱鬱蔥蔥的叢林裂開了一條裂縫，從西向東蜿蜒甚遠，向上游望去，隱約看到一條細小的白色水帶，想必那裂縫就是冷水河，而上游的白色水帶，自然就是冷水河的發源地——倒天河。

泰岳拿著一副軍用望遠鏡，目測了一下距離：

「望山跑死馬，至少有十幾公里。我們走過去至少要好幾個小時，天就黑了。」

泰岳將匕首和刺刀都拿了出來，綁到了小腿上，開始為戰鬥做準備。

我們也都皺起眉頭，心情沉重。二子凝望著山下那片叢林說：

「這林子應該是那個月黑族的老窩了。咱們這樣進去，凶多吉少。天黑之後，咱們壓根兒就不是他們的對手。昨天晚上，我們之所以沒有全軍覆沒，是因為他們派來的人數有限。但是，這片樹林裏肯定到處都是他們布下的陷阱。到時候，不用他們親自出動，我們就被搞死了。」

「那，那可怎辦啊？要不，我們先不下去了，就在這山頭上過一宿好吧？」張三公有些擔憂地說。

「在這山頭上宿營也沒用。」趙天棟說道。他此時神色恢復了不少，似乎蛇毒已經祛除了。

他捋著鬍鬚說：「現在是寒冬時節，在山下面，因為有大雪山擋住冷空氣，所以不冷，但是這山尖上，到了晚上，氣溫會驟降到零下十幾度。我們沒帳篷，沒厚棉衣，留在這裏等於送死。再說了，那些鬼東西昨晚能夠翻山去襲擊我們，難道今晚就不會上來偷襲我們嗎？到時候，我們凍得渾身發抖，再遭到偷襲，根本不用打就敗了。」

「那你的意思是，現在就到下面樹林裏去，在月黑族的地盤上和他們鬥？」婁含有些不解。

趙天棟見到大家疑惑的目光，微微笑了一下：

「不錯，我們不但要在他們的地盤上和他們幹架，而且還要依靠他們，找到我們的目的地。月黑族是夜郎王的守墓人，他們世世代代生活在這裏，就是為了守護這座古墓。我們想要找到入口，最好的辦法就是抓住他們，讓他們給我們指出來。

月黑族的人白天都是躲在山洞裏，根本不會出來。所以，想要抓住嚮導，最好就是晚上過去。這樹林，我們進也得進，不進也得進。」

我們不覺都點頭贊成，但是也對樹林中的凶險狀況充滿擔憂。我知道這樹林說不定會成為我們的葬身之地，但是，形勢所迫，我們也不能退縮了。

「每人一把手電筒和一支鉛蓄高射燈，手電筒用來照亮，高射燈用來逼退月黑族。泰岳和二子，你們手裏都有槍，一前一後保護隊伍，趙道長，你和我一左一右，婁含和三公爺爺走在中間。」我說道，「進去之後，砍一些樹枝紮成外套披在身上，一來可以偽裝，二來可以抵擋弓箭。」

二子點頭道：「我們趕緊下山吧，嘿嘿，我還真想看看這幫月黑族到底長什麼樣子呢。娘的，昨晚我一直睡覺來著。」

太陽快要落山的時候，我們已經來到山下樹林中了。地勢變得平坦，樹林變得密紮厚實，樹林裏光線很陰翳，地面很潮濕，到處都是厚厚的樹葉，爬滿了藤蔓植物，完全沒有路徑。我們只能依靠指南針來判斷方向。

我們逐漸深入樹林，砍了許多枝葉披到身上進行偽裝。這時，天已經開始黑下來了。

泰岳走在最前頭，拿著手電筒領路。我讓他砍了一根樹枝，把手電筒綁在樹枝前端，他握著樹枝後端，把手電筒伸在前面照亮。這樣一來，如果有人朝著手電筒光亮的地方射箭，也不會傷到他了。

夜幕降臨了，密林之中一片死寂，我們只能聽到彼此的呼吸聲和腳步聲，沒來由地感到一陣心虛。

「真是邪門了，這林子靜得出奇。」二子低聲道。

二子的聲音剛落下，前頭引路的泰岳發出了一聲低哨。我們迅速閃身藏到周圍的樹叢之中。但是，我們隱蔽了半天，卻一直沒有任何異常狀況出現。

泰岳還特地挑著手電筒四下晃了晃，卻沒能引來對方的攻擊。大家心裏一陣納悶。

我借著手電筒的光線，瞇眼向前方的樹叢裏看去，氤氳著一團黑氣。

「應該不是活人。」我低聲說完，率先起身向前面走了過去。

「小心點！」泰岳連忙和我並肩向前走，用手電筒給我照亮。

「我剛才好像看到一個人影。」泰岳的手電筒猛然定定地照在一棵歪脖老樹的下方。

歪脖老樹有一條橫伸出來的粗大枝幹，上面綠葉如蓋，足有半個籃球場大小。

樹幹下面的地面只有一層細軟野草，根部依稀可以看到一層乾枯的樹葉。

此刻，在我們的面前，確實有一個人影。這個人影，離地三尺高，一身烏黑衣衫在風裏晃蕩著，頭上的長髮如同一蓬亂草。

人影背對著我們，一條藤槐的一頭捆在歪脖老樹的枝幹上，一頭則勒在這個人影的脖子上，兩腳露出了白森森的腳骨。

突然見到一具吊死的屍體，我們不覺都愣住了。二子等人也跟了上來。

這是一具穿著一身登山服的女屍。我們不覺都在心裏自問，如果我們落入月黑族的手中，會不會也會被吊死在某些地方，以警告那些後來之人？

眾人都沒有說話，二子默默將帽子拿下來，對著女屍嘆了一口氣，轉身咂嘴道：「人在江湖漂，哪能不挨刀？咱們還是趕緊趕路吧。」

大夥兒也對著那具女屍微微鞠躬點頭，然後就繞過她繼續前進。

我們故意繞了一個小彎，以女屍為圓心走了一個半徑二十多米的半圓。走到女屍前方之後，眾人鬆了一口氣，我下意識地回頭想看看她的正面是什麼樣子。借著手電筒散發出的微弱光線，我赫然看到，女屍的正面居然也是一蓬枯草一般披散的黑髮，她沒有臉！

最怪的是，女屍的兩手不是垂立在身體兩側，而是呈鉤形向前虛空抓著的，就像一個死不瞑目的人，臨死還想拖走一個人一樣。

是什麼東西，居然讓她至死還無法忘懷，還想抓著？

我連忙叫住了泰岳，讓他照照女屍的正面。大家跟著光線抬頭一看，再次倒抽了一口冷氣。我們這才發現，女屍胸前的衣服，居然是一片紅色，鮮豔如血，女屍的長髮在紅布上飄來蕩去，更顯出幾分陰厲之氣。

「她手裏有東西。」泰岳比較細心，第一個發現了異常。

「肯定是重要的東西，不然她不會到死還一直抓著。」二子說道，低頭仔細看女屍腳正對著的草地：「草叢裏有東西。」不過他沒敢走過去。二子雖說現在膽氣比七年前大了很多，但是遇到一些突發的狀況，他還是有點怕的。

婁含、張三公也本能地向後縮，趙天棟捏著鬍鬚，沒有動彈。我和泰岳對望了一眼，都沒有說話，卻一起抬腳向前走去。

「我一個人過去就行了。」泰岳伸手把我攔住了。

「還是我去吧，我對陰物有感應。」我說道。

泰岳點了點頭，站在原地，拿著手電筒幫我照亮。

我深吸了幾口氣，瞇眼看著女屍身上繚繞的很濃重的黑氣。顯然，這個女人死去的時候，帶著很深的怨氣，到現在都沒有散去。

我抽出了打鬼棒，慢慢走了過去。我站到離女屍不足三米的地方，抬頭向上看去，看清楚了女屍的樣子。

女屍的衣著非常奇怪，上身穿著前面是大紅色緞子、後面是黑色緞子的圓領長袖女式束腰夾襖衫，下身穿著一條黑色女式直筒長褲。腳上原本穿著一雙深筒的褐色牛皮靴子，但是只剩下一隻還在腳上，而另外一隻腳的皮肉已經腐爛，露出了森白的腳骨。女屍兩隻手臂向前平伸著，手上的皮肉已經腐爛了，只剩白骨。

女屍的褲管空蕩蕩的，在風裏微微抖動，腿上的皮肉應該也已經腐爛了。但是，女屍的胸脯居然是圓鼓鼓的，我心裏一陣疑惑。

就在這時，突然一陣風將女屍披散著的長髮微微吹開了一點，現出了女屍的面容。我立時驚得渾身暴起了一層雞皮疙瘩，差點叫出聲來。

我赫然看到女屍的面容居然是完好無損的！那是一張素白如布的臉，細長的眼睛，嘴角向上勾起，帶著笑容，正在居高臨下地看著我。

我驚愕地向後退了半步，深吸了幾口氣，連忙掏出手電筒向女屍臉上照去。這時我才看清，女屍的臉上並非是皮肉，而是一層白色的紙皮面具。也就是說，這個女人死的時候，臉上是戴著一張面具的，面具的表情栩栩如生。

我又去照地面，發現草叢裏有一隻深筒皮靴和一本褐色面皮的筆記本，就先把筆記本拿了起來。我輕輕翻開筆記本，第一頁就畫著一幅骷髏頭！

我再仔細一看，發現骷髏頭是用血畫的，骷髏頭上寫滿了奇異的符文，下面還寫著一行苗文。我繼續往後翻看，這是一本登山筆記本，是這個女人的日記，很詳細地記著她從出發直到梅花山下的行程和見聞。

我沒有細看內容，但是知道這本筆記本事關重大，可以給我們提供不少有用資訊，連忙裝到了背包裏。

我又踮起腳尖去拉女屍的手，想看看她手裏到底抓著什麼。但是，她的手臂很殭直，拉不動。我只好用力向下一扯，「嘎啦」一聲悶響從上方傳來。

我連忙抬起手電筒一看，不覺心裏一沉。我看到女屍的手臂上繫著一條黑色細繩，一直通到上面的樹幹上。原來，女屍的雙臂並不是自己抬起來的，而是被黑色細繩吊起來的。

我立刻意識到了一個非常嚴重的情況，這細繩應該連著一處機關。而我剛才用力拉動女屍的手臂，顯然已經觸發了機關！

我心裏一驚，轉身就要離開。這時，我腳下的地面猛然塌陷了下去，出現了一個大洞！我整個人就向著大洞裏掉了下去。

「方曉！」大家禁不住發出驚呼，一起向我跑了過來。

我滿臉無奈地看著他們，一瞬間就墜到洞裏了。

我耳邊生風，四下一片黑暗，呼呼往下掉，也不知道黑洞到底有多深。

沒過多久，我感覺到腳下突然一硬，接著「喀啦」一聲脆響之後，我的大半截身體陷入了一片散發著腐臭樹葉味道的淤泥之中。幸好我沒有摔傷，這也算萬幸了。

我抬起手電筒向四下一照，發現洞底的空間很大，似乎是一處地下沼澤。我又發現自己並沒有在淤泥裏繼續陷下去，知道情況還不算太危險，心態就平和了下來，等著二子他們放繩子下來救我。

沒過一會兒，二子等人已經都趴在洞口，拿著手電筒向下照了。

「方曉，我馬上放繩子下去！」泰岳喊了一聲。

我抓住繩子，開始往上爬，大家也都一起過來幫忙拖著繩子。

就在我快要到達洞口的時候，四面的樹林中突然傳來一陣號叫，接著是「嗖嗖嗖」一陣破空聲，一片箭雨向著他們身上落了下來。

大家都沒有防備，立刻都被扎成了刺蝟，手都鬆開了。

我叫罵一聲，眼看著洞口就在面前，再次掉了下去。

第六十四章

醜陋月奴

「月奴？」我疑問道。

「這醜陋東西，就叫月奴。他們前身也是人，最後會變這樣子。你們救我，還不如直接殺了我。與其變成月奴，我寧願去死。」

女人滿臉痛苦地望了望四周。

「都鎮定下來，準備反擊！」二子掏出手槍，飛身撲到地上，一邊大叫著指揮眾人，一邊拿著手槍往樹林裏亂打。

「砰砰！」

「嗖嗖！」

「嗚哇——」

原本安靜的叢林，瞬間變得一片混亂，槍聲、奔跑聲、呼號聲連成一片。

我重新向下掉了沒幾米，繩子就再次被拉住了。我抬頭一看，只見泰岳肩上插著一支箭，正趴在洞口，死死地抓著繩子。

「快，上來！」泰岳大喊道。

我心裏一陣火熱，二話不說，手腳並用，抓著繩子，蹬著洞壁，拼命地往上爬。

我用盡全身力氣爬到洞口，一翻身躍到洞外。二子他們這時已經和月黑族的鬼猴夜叉短兵相接了。

這一次，那些鬼東西數量很多，四面樹林裏都是牠們的影子。月黑族人顯然早就設計好了這個陷阱，要對我們發動突然襲擊。

「我們中計了，情況不妙！」泰岳將一個想向我們衝過來的月黑族人打死之後，沉重地對我說。

「不用擔心，我有辦法！」我知道，這麼耗下去，就是死路一條。

「啊——」

「啊——」

接連幾聲慘叫聲傳來，二子和張三公分別中招，全身是血，眼看著就支撐不住。婁含和趙天棟背對著背，還在苦苦支撐著。

「都跟著我！」我抽出陰魂尺，迎著那些月黑族人衝了上去，陰尺氣場噴薄而出，頓時掃倒了好幾個。

「泰大哥，你抓住一個活口帶上前頭引路，其他人跟上，我來斷後！」我一邊大叫著，一邊利用自己超常的速度左衝右突，將月黑族人一點點驅逐開去。

那些月黑族人一時間也有些驚駭，不敢輕易靠近我，都縮到叢林裏躲了起來，只是遠遠地對我們放箭。我用背包遮住胸口，擋住箭雨，將二子等人護在身後。

「唔呼呼呼吼吼——」

我們逃跑的時候，四周樹林裏傳來一陣陣呼號聲和奔跑聲。月黑族人顯然沒打算就這麼放過我們，一直在追趕著我們。

「嗖嗖——」一支支箭從樹葉裏如同毒蛇一般鑽出來，讓我們防不勝防。

「這樣下去不是辦法，奶奶的，老子的屁股都被扎了好幾下了！」二子喘著粗氣喊道。

「沒辦法，現在只能拼命跑了，不跑死得更快，我們捱到天亮就行了！」我喊道。

我抬頭向前面的泰岳看去，見他身上背著一個人，鬆了一口氣，知道舌頭抓到了，開始謀劃接下來的對策。

泰岳有一塊軍用指北針，但是情況緊急，根本沒時間用，我們只能沿著密林一路向前跑。這麼一來，本來朝向東北方向的路徑，漸漸就變成朝向東方了。

突然迎面一陣勁風吹來，濃重的水汽讓我們心裏一驚。

「都停下，沒路了！」泰岳轉身止住了大家。

果然，我們已經跑到冷水河邊了，再往前就是懸崖峭壁。路，斷了！

「這怎麼辦？」二子喘著粗氣問。

「往上游跑！」泰岳迅速反應過來，重新把那個月黑族人背了起來就跑。

沒想到，上游突起了一塊巨大的岩石，足有數丈高，正好擋住了我們的去路。我們如果要繞過岩石，必然什麼再次陷入月黑族的包圍之中。

「真倒楣！這岩石真娘的怪！」

「嗚嗚嗚，吼吼吼——」我們還沒有喘過氣的時候，身後的樹林再次傳來月黑族人的呼號聲。

一陣雜亂的腳步聲傳來，樹林裏到處都蕩著月黑族人的身影，一支支箭再次漫天落了下來。

我們急得是滿頭冒汗，前無去路，後有追兵，十面埋伏，插翅難飛！

月黑族的弓箭極為原始，只是一根藤木綁上一根繩子做成弓，箭是削尖的木箭，殺傷力不是很強，但是被射得多了，也是難以忍受的。

「我都說了，不要這麼衝進來，現在好了，上天無路，入地無門，你們到底想要怎麼辦？」婁含胳膊上又中了一箭，開始埋怨起來。

我心裏一動，這才想起來她是女兒身，原本就柔弱。我連忙一閃身擋在她面前，一手舉著背包幫她擋住那些箭，喊道：

「不要擔心，背水一戰也未必會輸！咱們都緊貼著岩石，儘量找掩護！」

「都跟我來，這岩石靠近河岸邊有個凹陷，可以藏身！」泰岳拉著張三公躲到大岩石後面去了。

婁含、二子和趙天棟眼前一亮，面露喜色，跟著一起躲了進去。

「你們都藏好了，我來守住外面的入口！」我閃身擋住了豁口，堵住了月黑族人唯一可以對他們發動攻擊的路徑，將他們完全擋在了身後。

他們圍在岩石周圍，逡巡不敢前進，只能瞪著奇大無比的眼珠子亂叫，遠遠地對著我射箭。這時我蹲下了身，將背包擋在前面，他們根本就射不到我。

如此一來，我們就比較安全了。比較慘的是我的帆布背包，這時已經變成一隻豪豬。

「哈哈哈，沒轍了吧！等到天一亮，看他們還有什麼本事，老子先睡一覺再說！」二子大笑起來，竟然真的枕著背包躺了下來，準備睡覺了。

我們腳下其實只有不到三平方米的地面可以立足，一邊是巨大高聳的岩石，另一邊是深不見底的懸崖。在這種危險的絕地，也難為這傢伙還有閒心睡覺，不過，估計他是失血多了，有些扛不住了。

二子這麼一躺下，其他人連立足的地方都沒有了，張三公差點被他擠得掉下懸崖去。泰岳一腳又把二子踢了起來。

「別亂搞，這是什麼地頭，你看不見嗎？」泰岳黑著臉問他。

「我實在太累了。」二子嘟囔了一聲，卻坐起了身，給大夥讓了讓地方，然後背靠著石壁閉上了眼睛。

大家也只好各自扶著石壁緩緩坐了下來，休息一下，恢復氣力。

這個時候，月黑族人突然安靜了下來，藏身到樹林之中。我皺了皺眉頭，心裏感到一陣疑惑，直覺哪裡有些不對。

果然，我眼角一動，一道白色身影在樹林裏隱約出現了。我連忙抬起手電筒向那個身影照過去。

隔著樹葉，我發現那是一個女人的窈窕身影。女人的臉被樹葉擋住了，看不清樣貌，只看到她身上穿著一條白色長裙，長髮披在肩上，身材高挑。

這時，我用手電筒照著她，她卻只是用樹葉擋了擋光線，並沒有躲開的意思。我知道來者不善，這個女人極有可能是月黑族的首領。

那個女人突然抬起纖細的手臂，對著我指了指。接著，那些安靜下來的月黑族人都從樹林裏向我衝了過來。

我立刻倒抽了一口冷氣，知道我們這次真的被逼到絕路上了。因為，月黑族人居然都捨棄了弓箭，人手搬起了一塊大石頭！一旦亂石砸過來，我就算有天大的本事，也是扛不住的，非得被他們活活砸到懸崖下去。

二子等人驚得站了起來。

「快，別愣著了，趕緊反擊啊！」還是泰岳先反應過來，他掏出手槍，對著衝在最前頭的一個月黑族人就打。那個月黑族人應聲倒下。

二子也跟著開槍了，但是卻打得不是很準，只打中了一個月黑族人的手臂。那個月黑族人發出了一聲慘叫，依舊抱著石頭悍不畏死地衝了過來，老遠就奮力向我砸來。

一時間，漫天石雨向我砸了過來。我只能舉起背包奮力擋開石頭，然後趁著第一波石雨落下的間隙，趕緊用高射手電筒向月黑族人照過去，試圖用強光將他們逼退。

可是，這個時候，強光對這些月黑族人沒有效果了。這些傢伙居然都用一條黑色絲巾蒙住了眼睛，他們可以通過絲巾漏過的光線看到我們所在的位置。

我們相互對望了一眼，臉上都浮起了絕望的神情。這時候我們所想到的，並不是那些石頭會不會把我們砸死，而是既然這些傢伙找到了對付強光的辦法，即使我們堅持到天亮，他們也不會撤退了。

我們再也沒有逃出生天的機會了！

他們的那個首領是一位非常厲害的角色。她太瞭解我們的弱點了。她一出現，就立刻改變了戰局，使得我們完全陷入了被動。

我們一邊緊靠岩壁，一邊面臨萬丈深淵，如何能夠經得起巨石亂砸？難不成要跳下懸崖嗎？

我看著這些悍不畏死的月黑族人，視線越過他們的肩頭，向他們後面藏著的那個女人望去，我手裏的手電筒也跟著視線再次向那個女人照過去。

我隱約聽到了一聲冷哼。那個女人顯然已經發現我在看著她了，她冷哼一聲，大搖大擺地走了出來。

她走出來之後，我這才看清，果不其然，她的眼睛上也蒙著一條黑色絲巾。只是，她和那些佝僂怪異的月黑族人不太一樣，她的身形接近正常人，甚至身材堪稱完美。她的脖頸雪白細長，尖尖的下巴，嘴唇小巧，正微微勾著弧度，對著我冷笑。

我大致猜到了她的身分。想來，她並非是純種的月黑族人。她可能和那個吳良才是一路人，和那些月黑族人有著不為人知的密切關係。

我和這個女人對望了一會兒，都沒有說話，也沒有動作。然後，她又抬起了手臂，對月黑族人下達了一個新的命令。

這一次，她指著的不是我和二子他們，而是我們的頭頂，也就是那塊巨石的上面！

我心裏一沉，知道這個女人準備將我們一擊致命了！

果然，那些月黑族人哇哇大叫著，搬著石頭，往那塊巨石上面爬去了。他們要爬到巨石頂上，居高臨下地對著我們砸石頭，把我們砸成肉泥！

二子也看到了這個女人，並且發現是她在指揮。

「這女人是誰？那些鬼東西怎麼都聽她的話？」二子驚疑地問道。

「是他們的頭領。」我低聲說，「沒有她，那些鬼東西根本就奈何不了我們。」

我有些惋惜地嘆了一口氣，蹲下了身，對泰岳揮手道：「擒賊先擒王。」泰岳立刻會意，抬起手槍，對準那個女人就是一槍。

「砰——」一道火線飛射而出，子彈瞬間貫穿了那個女人的身體。

「唔——」那個女人胸口綻出了一朵紅花。她用手捂著傷口，好不容易才穩住身體，沒有倒下來。

泰岳冷哼了一聲，再次抬槍。

我瞇眼向女人望過去，赫然看到她身上瀰漫著一層濃重黑氣，有一個黑色人影正趴在她的背上！

陰魂纏身！我心裏一驚，立刻明白了這個女人並非真的是月黑族人的首領，她只是一個被陰魂纏身的傀儡。她之所以來指揮，想必也並非出於她的本意。這個時候，如果我們把她打死了，並不能改變什麼。

她就算死了，那個陰魂還在，說不定因為這個原因，那個陰魂正好借機佔據了她的屍體，產生屍變，那樣一來，形勢會更加嚴峻。再說，她也有些無辜。

想到這些，我連忙抬手向泰岳的手槍拍去，使得他的第二發子彈沒有命中那個女人的身體。

「你做什麼？」泰岳有些驚愕地問道。

「陰魂纏身，殺了她也沒用，反而會屍變。你們都聽我的，勝敗在此一舉，要是不能成功的話，我們就真的要跳崖自盡了！」我說道。

他們問道：「到底要怎麼辦？」

「我要去解除那個女人身上的陰魂之氣，你們撐住了就行。」我說道。

「這怎麼行？現在你出去，不是去送死嗎？」二子咂嘴說道。

「沒有別的辦法了，我跑得快一點，把那個女人當成擋箭牌，說不定能管用。」我一咬牙，抱著背包就飛快地向那個女人衝了過去。

「嗚吼吼——」果然，見到我居然單槍匹馬衝了出來，四周的月黑族人都是興奮地大叫起來，丟掉了手裏的石頭，彎弓搭箭向我射了過來。

我猛地向前一躍，跳出了近兩丈遠，順利地躲過了那些箭。

但是，一連三支箭從三個不同的方向，追魂索命一般地向我的落腳點射了過來。這個時候，我身在半空，沒有任何借力之物，只能眼看著三支箭飛射而來。情急之下，我揮舞背包擋住了一支箭，又用手裏的陰魂尺擋飛了一支，但是最後一支卻怎麼也沒法躲過了，我的大腿上被結結實實地扎了一下，頓時感到一陣鑽心的刺痛。我悶哼一聲，落地時站立不穩，滾倒在地。

「方曉，你怎樣了？」泰岳驚急地大叫著，抬起手槍一陣亂射，把子彈打完了。他只是打死了幾個月黑族人，對情況根本沒有幫助。

泰岳急得大吼一聲，一把將手槍摔飛出去，拔出柴刀和匕首，就要衝出來掩護我。

「你們都不要動！」我翻身拔掉大腿上的箭，抬手阻止了泰岳，接著咬牙再次一個飛躍，沒命地向那個女人衝過去。

由於泰岳的干擾，再加上月黑族人需要重新彎弓搭箭，我很順利地來到那個女人的身前。我抽手就要去拉她，卻不想一陣尖細陰厲的冷笑聲從她的口中傳出，接著她手臂一抬，抓著一根箭就向我的身上插過來。

我飛身躲開攻擊，抽手拔出了陽魂尺，向女人的眉心點了過去。

陽尺入手，頓時一陣陰冷的氣息襲上心頭，漫天黑氣向我身上籠罩過來。我身在半空中，連吸了幾口氣，這才平復下心情。

「啵」一聲低響，尺穩穩地點中了女人的額頭，女人全身一陣抽搐，陽魂尺吸噬了她的生命力，她全身殭直了。

「簌簌簌——」一陣氣息流動過後，纏繞在女人身上的陰魂之氣已經被陽魂尺悉數吸收了。

我連忙將陽魂尺收了起來，再次掏出陰魂尺，小心地看著女人，防備她出現反常的舉動。

這時，這個女人已經恢復了清醒。她跪在地上，單手捂著胸口，艱難地喘息著。她抬手揭掉了蒙在眼睛上的黑紗，向我看了過來。

我與她四目相對。她的眼睛很美，眸子裏的波光如同一湖清水，清澈而深邃。她的睫毛很長，鼻梁挺翹，膚色如玉，彷彿是個不食人間煙火的林間仙子。我一時間看愣了。

這個女人也在疑惑地看著我，又看了看四周。她大概明白狀況了，臉上浮起一絲苦笑，接著對我微微搖了搖頭，低聲嘆道：「你們不該來。」

我猛然一怔道：「為什麼？」

「你們不會明白的。」女子苦笑著，再次搖了搖頭：「你們根本就不知道你們面對的敵人是誰。你們只會步上我們的後塵。」

「你是誰？為什麼會在這裏？」我皺眉問道。

「我是誰無所謂。你能讓我恢復清醒的意識，說明你有真功夫，我很感謝你。但是，我幫不了你們什麼，我是一個無辜的人。你們還是趕快逃走吧，再繼續下去，你們就沒有機會了。」女人的臉色有些慘白，咳出了一口血。

「你怎麼了？」我連忙上前一把扶住她，焦急地說：「你堅持住，放心吧，我們隊伍裏有醫生，肯定可以治好你的。剛才我們誤傷了你，對不起。那些月黑族的人好像很聽你的話，你可不可以對他們再發一個命令，讓他們離開這裏，不再攻擊我們？」

「呵呵，你以為那些醜陋的傢伙是月黑族人嗎？」女人又是苦笑，很有深意地望著我。

「難道他們不是？」我皺眉道。

「當然不是，他們其實連人都不是，只是一群傀儡而已，是行屍走肉。真正的月黑族只有不到十個人，我，就是其中之一。」女子滿臉無奈地看著我。

「你是夜郎王的守墓人？這麼說來，你是不會幫我們了，對嗎？」我問出了最關鍵的問題。

「你誤會了。」女人搖了搖頭，再次咳出了一口血，低聲道：「這世上並沒有真正的月黑族人。只有在月黑之時誤入陰墟，被陰魂控制了神志的人。一旦神志喪失，那個人就會成為陰魂的傀儡，那些陰魂會一直控制這個人，利用他的智慧，去統領月奴。」

「月奴？」我疑問道。

「這些醜陋的東西，就叫月奴。他們的前身也是人，到最後就會變成這個樣子。我其實也差不多了，你雖然清除了我身上的陰氣，但是我中毒已深，無法解除這厄難的詛咒，咳咳——你們救我，還不如直接殺了我。與其變成月奴，我寧願去死。」女人滿臉痛苦地望了望四周。

女人道：「又是月黑之夜，我，已經躲不掉了，咳咳——」

女人猛然用力掙脫了我的手臂，轉身踉蹌著向樹林裏衝去。

「喂，你幹什麼？」我連忙抬腳追了上去。

「不，你放開我，我，不想讓你們看到，求求你——」女人滿臉痛苦地扭動著手臂哀求道。

「看到什麼？」

「求求你，放開我，求求你，不，不要——」女人陷入了一種癲狂狀態，奮力地掙扎著想逃走。

我緊緊地握著她的手，突然察覺到手裏握著的柔軟嫩滑的小手竟然變得粗糙起來。我低頭一看，發現她的雙手居然都變成了黑褐色，如同樹皮一般，手掌也變成了爪狀！

「這是──」我驚得頭皮一炸，不覺鬆開了她的雙手。

「嗚嗚嗚嗚──」女人仰頭發出了一陣細長的號叫，接著轉身向樹林裏奔逃而去，很快就消失了。

我怔怔地看著那個女人消失的方向，身體不能動彈。不知道過了多久，我才怔怔地轉過身來，滿臉同情地望著那些醜陋不堪、面目可憎的大眼賊。

它們曾經也和我們一樣，如今卻已經徹底成了傀儡和奴隸。他們也是受害者！夜郎墓，到底是一個怎樣的地方，這裏面到底埋藏著怎樣的秘密？為什麼會把人變成這個樣子？

原本我只是為了給姥爺尋找救命的藥才走上這條路，但是現在，我突然覺得，挖掉這座邪惡的墓葬，是我義不容辭的責任！

那麼，現在，對於這些擋在我面前的這群可憐的傢伙，我要怎麼辦才好呢？

「殺！」我一聲怒吼，揮舞著陰魂尺向他們衝了過去。

那個女人說得不錯，與其行屍走肉一般活著，還不如死去！我現在並不是殺戮，而是在幫助他們解脫，我相信，他們的靈魂會感謝我所做的一切！

陰尺翻飛，我雙目噴火，不停地怒吼著，陷入了癲狂的狀態。泰岳和二子他們一開始有些摸不著頭腦，但是隨即，他們也都從藏身的角落衝了出來。

夜色深沉，呼號聲、腳步聲、風聲、水聲，連成一片。一場沒有意識的廝殺開始了。

一抹熹微的晨光從東方天際緩緩展現，新的一天來臨了。

冷水河岸，百丈懸崖之上，烏黑的血液還在流淌，一夜的廝殺剛剛結束。

這一場戰鬥，雙方都殺紅了眼，如同嗜血的野獸一般凶殘地撕扯著對方的軀體。沒有人能夠準確回憶起來，戰鬥的全過程是怎樣的，大家只記得，當時每個人都在瘋狂砍殺。戰鬥雖然慘烈，但是，結局還算讓人欣慰。

雖然那些大眼賊有上百人，但是奈何我手握陰魂尺，所以他們並不佔優勢。而且，在那個女子離開之後，他們群龍無首，進攻非常散亂。大部分的大眼賊都喪生在我們手下，餘下的一些老弱病殘見到天色漸亮，也無心戀戰，都各自逃生了。

我們付出的代價並不非常慘重，只有張三公因為體力不濟被打成了重傷，泰岳就把他護送到了那個巨石後的角落保護了起來。天亮的時候，他居然又生龍活虎地站了起來，身上的傷勢已經沒有大礙了。

趙天棟顯露出了他的真實實力，戰鬥的時候，他一手青鋒長劍，一手攥著鎮魂鈴，道袍飄飄，那些大眼賊想要碰一下他的衣角都難，更不用說對他造成傷害。

大家彼此對望一眼，都慶幸地大笑起來。這是大戰過後的釋放，雖然猙獰狂妄，卻振奮人心，讓我們的情緒再次高漲起來。

泰岳突然眉頭一皺，似乎想起了什麼事情，回身掃視了一眼地上躺著的屍體，有些沮喪地說：「壞了，夜裏殺得太興起了，忘了留下一個舌頭了。」

「你昨晚不是抓了一個了嗎？」婁含皺眉道。

「那個後來好像在我們戰鬥的時候醒過來了，跑掉了。」泰岳說道。

「這樣的話，可就有些麻煩了，沒有人指路，就算找到地方，也進不去。」趙天棟皺起了眉頭。

「怕什麼，我背包裏有炸藥和雷管，到時候直接炸掉不就行了嗎？」二子站起身點菸。

「這個不好吧，會破壞古蹟的，我們不能太過破壞這個古墓，這是一筆珍貴的財富，我不同意你的做法。」婁含反對道。

含。

「你莫非真的是考古專家，還顧忌這個事情？」二子有些莫名其妙地瞪著婁

婁含有些心虛地低下頭，求助地偷眼向我這邊看了過來。

我心裏也大概猜到，她之所以能夠接下這個活計，估計也是頂著巨大壓力的，至少她應該承諾過，只取走一些東西，不搞破壞。

我對她微微點了點頭，裝作很隨意地走到二子面前，說道：「別忘記了，這個地頭可是那些苗人的禁地，你要是把他們的古墓給炸了，你信不信他們惱羞成怒，趁著我們進入古墓的時候，把出口堵了，讓我們給夜郎王陪葬？」

「你不說我倒忘記了，那些苗子說不定真的會跟過來，我看我們還是多加小心。別再耽擱了，繼續趕路吧，早點找到那個古墓，早點安心。」二子皺眉說道。

「那抓舌頭的事情，怎麼辦？」趙天棟問道。

「看看地上還有沒有活著的，說不定有願意說的。」二子無奈地說。

我知道他其實也沒有什麼更好的辦法了，嘆了一口氣，說道：「不用白忙活了。這些人不會說的。大家跟我來，我有辦法。」

「你有辦法？你發現什麼了？」二子有些不敢置信。

「不要廢話了，跟上就是了。」我走到岩石邊上，把鮮血淋淋的帆布包重新背

了起來，率先抬步向樹林裏走去。

太陽漸漸升起，密林之中還掛著隔宿的清露，樹葉翠綠如洗，空氣很清新，讓人心神舒暢，精神也振奮了不少。我一手捏著陰魂尺，一手拿著一根樹棍挑開樹葉，摸索著向前走，一邊走一邊仔細地觀察地上的痕跡。

地面上都是青草和藤蔓植物，上面有很多雜亂的痕跡。我要找的，是人的血跡。大眼賊的血乾涸之後，呈現一種幽幽的黑藍色，一眼就可以辨認出來，和正常人的血跡有很大的區別。

我如同一頭嗅覺靈敏的獵犬，沿著叢林邊緣的草地一路嗅過去，終於在一處草叢中見到了幾滴鮮紅色的血跡。

我心神一振，連忙對二子他們招了招手，沿著那縷鮮紅色的血跡追蹤了下去，沿途還有一行非常雜亂的腳印。

二子他們不知道我為什麼要追著這個痕跡，也不知道這個痕跡是誰的。我悶頭走著，什麼話都不想說。我的心情非常沉重，因為我知道，這條痕跡的盡頭很有可能是我並不想見到的場景。

隨著痕跡的延伸，那些血跡慢慢變得深暗了起來，最後幾乎變成了黑色。我停下了腳步，望著前方密匝匝的叢林。

二子他們滿心好奇，都湊到我身邊，問我怎麼了。我無力地嘆了一口氣，要了一根菸點上，蹲在地上一口氣抽完，這才一咬牙站起身，悶頭向前趕去。

我大踏步猛衝，任憑樹葉刮擦手臂和臉皮，劃出火辣辣的血痕也渾然不覺，就這麼憋著一股勁地追蹤。

血跡越來越稀落，腳印卻越來越錯亂，可以看出，腳印的主人已經沒有多少體力了。我感到一陣心疼，鼻子一酸，我不知道自己為什麼會有這樣的情緒。我感到很惋惜，真的是天妒紅顏嗎？

古樹參天，荒草掩徑，露水清涼，薄薄的晨霧輕輕地飄動，讓我感到有些氣悶，很想一下子撕開自己的胸口，大口地呼吸。

密匝匝的叢林突然豁然開朗，林中出現了一處蒿草遍野的荒地。荒地足有一個足球場那麼大，中間隆起很多起伏的小丘。

我放眼看去，可以清晰地看到一條腳印痕跡掠過蒿草和藤蔓層，在荒地中央的一處隆起小丘上停了下來。

古語有云：狐死首丘，莫非，人也如此嗎？

我心情有些緊張地一步步向著那隆起的小丘走過去。

走到小丘邊緣的時候，看到小丘頂上的蒿草和藤蔓被壓平了一小片，隱約可以看見一角白色裙擺和一隻黑褐色同燒黑的木頭一般的腳踝。

我靜靜地默立了半晌，才抑制住胸口那股無名的悲憫之情。二子他們也都跟了上來，圍在我身邊，一起看著那具黑色的屍體，臉上滿是疑惑。

第六十五章

黑龍吞屍

所謂黑龍吞屍，是一種風水格局。
先通過尋龍點穴，繪出一條山脈的龍氣走向，
然後再將死者葬在龍嘴之中。
龍涎乃是龍氣精華所在，屍體處於龍嘴的位置，
常年接受龍涎精華滋潤，自然是蔭福萬代，大富大貴了。

「嗨，這可真他娘的奇怪了，昨晚打了一夜，我也沒見過穿衣服的鬼東西，怎麼這兒突然冒出這麼一個鬼東西？」

二子走上前，用木棍將屍體周圍的草葉挑開，歪著腦袋看著屍體，疑惑地皺眉道：「嘖嘖，你們來看看，這好像還是個女的，穿的是裙子，乖乖，真是奇了啊。」

泰岳的心比較細，只看了一眼，似乎就想到了什麼，他回頭看著我，有些疑惑地問道：「方曉，是她嗎？」

「嗯，你看她胸口的傷。」我無奈地嘆了一口氣，扭頭不忍再看。

泰岳神情一滯。二子他們都有些好奇。

婁含猶豫地問道：「莫非是昨晚那個女人？」

「什麼？」二子一驚，不敢置信地說：「這怎麼可能？昨晚我清楚看到那個女人長得細皮嫩肉的，怎麼會突然變成這個鬼樣子了？你們是不是搞錯了？」

「我看沒有搞錯，你看她胸口的傷，那是被泰岳兄弟打中的槍傷，也是致命傷。」趙天棟也看出來了，有些神傷地嘆了一口氣，轉過身靜靜地看著遠處的山林，不再說話了。

二子低頭彎腰，恍然地點了點頭：「哎，可惜了，沒想到是她。她怎麼死了之後會變成這個樣子？我說，你帶我們來這兒做什麼？莫非就是要給這個女人送行？」

我搖了搖頭，努力克服自己不情願的想法，說道：「我帶大夥兒來這裏，是因為，死人也會說話。」

「你不要嚇人行不？現在光天化日，朗朗乾坤，我還真不信死人會說話。」二子下意識退後了幾步。

見二子這麼不開竅，我走上前看了看屍體，只見屍體就像一截發黑的枯樹，臉上皮肉如同樹皮一般褶皺扭曲，只顯出顴骨和眉骨的弧度，不覺再次感到心裏一陣酸痛，就對泰岳說：

「大哥，你比較有經驗，還是你來吧。」

泰岳走上前來，先用剪刀麻利地剪開了屍體上的白裙子，露出裏面貼身穿著的一件乳白色內衣和粉色內褲。泰岳有些悲憫地皺了皺眉頭，接著將屍體上的衣物全部清除了下來。

「有沒有發現什麼有用的東西？可以給我們指路的？」二子問道。

泰岳將屍體移到旁邊，細細地翻查起衣服來。但是，讓大家感到失望的是，所有衣物都沒能給我們提供有用的資訊。

泰岳看了看我，有些歉意地搖了搖頭。我對他擺了擺手，看了看那具枯木一般的屍體，心裏不忍，說道：「幫她挖個坑埋了吧，入土為安。」

泰岳點了點頭，就把白裙子重新蓋到了屍體上面。

我不經意地低頭看了一下地面，赫然發現，就在屍體躺過的濕地上，居然畫著一幅粗糙的圖畫。

「這地上有東西！」我扒開藤蔓和草葉。

泰岳看到了地上的圖畫，不覺也是一驚，立刻蹲下身仔細審視起來。

「什麼？發現什麼了？」二子他們也圍攏了過來，還以為我們發現了財寶。

那是一幅非常粗糙的草圖，線條似乎是用手指戳著地面畫出來的，很多地方線條重合，泥渣混亂，再加上曾經被屍體壓過，圖畫的內容根本沒法辨明。

二子有些失望地嘟囔了一句：

「還以為是什麼呢，原來是鬼畫符，我看啊，這是她臨死前隨手在地上摳出來的。」

「不可能，將死之人其言也善，我覺得，這圖絕對不是隨手亂畫出來的。」趙天棟反駁道。

「就算她是想畫點什麼東西出來，但是現在都破壞成這個樣子了，有用嗎？」

望。

二子不屑道。

趙天棟嘆了口氣，搖了搖頭。見唯一的線索也斷了，眾人不由得再次滿臉失望。

泰岳卻不動聲色地放下背包，跪到地上開始工作起來。

他先是麻利地清除了圖畫四周的草叢，接著用一支小刷子一點點掃掉了圖畫上的泥渣，再用一根尖細的小樹枝沿著圖畫的線條重新勾了一遍，使得圖畫變得清晰可辨。

泰岳再次用小刷子將上面的泥渣掃除，然後站起身，歪頭看著地面。現在，圖畫已然是一幅清晰的草圖了，不難看出內容。

眾人幾乎異口同聲地恍然大悟道：「是一條蛇！嘴裏銜著什麼東西！」

「不對，這畫不會這麼簡單，她肯定想要告訴我們什麼。」泰岳再次清理了一下蛇頭部位，然後站起來一看，那蛇嘴裏居然叼著一個人！

大家都很困惑，只有我和趙天棟互相對望了一眼，似有所悟。

趙天棟向前走了一步，對大家說：

「這應該是黑龍吞屍圖，是一幅風水玄異圖說。原本還應該有注解或者符咒說明，但是，死者的時間有限，只畫了一部分。但是就是這一部分，已經可以幫助我們解除機關了。死者應該是痛恨那害人的古墓，所以，在彌留之際為我們留下了這幅圖。哎，憑這一點恩德，我們就得感謝她才對。」

趙天棟對著屍體深深鞠了一躬：「姑娘，你安心去吧，你放心，我們一定會破解機關，為你出一口惡氣的。」

我在屍體旁邊緩緩跪下來，輕輕地說：

「一面之緣，人鬼相隔。你放心，我一定會幫你出這口惡氣的。出於道義，我也不能容許世間存在如此邪惡。」

「姑娘，一路走好。」泰岳也走了過來，將一朵白色野花放到屍體上。

「姐姐，一路走好。」婁含也鞠了一躬。

「哎，多好的女娃呀，就這麼沒了，死了還變成這個樣子，哎——」張三公嘆道，「好好安息吧，一路保重。」

「喂，我說，你們這就開追悼會啦，到底什麼個情況，能不能跟我稍微解釋一下？為什麼能破解機關了？我都要急死了！」二子忍不住說道。

趙天棟微微搖頭道：

「死者為大，入土為安，我們還是先把這位姑娘安葬了吧。葬完之後，我再給你仔細解釋一下這其中的玄機。」

「你這樣太不仗義了吧？故意吊我胃口是不是？」二子急得抓耳撓腮，差點就要跳起來了。

大家都沒去理他，開始忙活起來。

「此地氣運充沛，定有上佳穴眼，我來測尋一下，為她找一處風水寶地，也算是報答她最後給我們的幫助。」趙天棟站在小丘上，開始四面觀望測算起來。

張三公和婁含把屍體裝殮了一番，配上了花環草墊，泰岳拿出了工兵鏟，準備挖地幹活。

「咦，這倒是怪了，這兒的風水地氣有些玄異，我竟然無法看清，嘖嘖。」趙天棟捏著鬍鬚皺起了眉頭。

二子只求女屍能夠早點下葬，不耐煩道：

「算了吧，看不出來就不要看了，隨便找個地方埋了不就得了嗎？這地方山林茂盛，隨便哪兒都不錯的。」

趙天棟嘆了一口氣，無奈地點了點頭，準備放棄了。

我下意識地瞇眼四下看了看，見到四周似乎漂浮著一縷似有若無的黑氣。這黑氣如同一張巨大的黑網一般籠罩地面，空氣變得極為沉悶，連陽光都因此變得有些朦朧了起來。

我心裏一驚，終於明白為什麼自從走入這片叢林之後，就一直感到氣悶了，原來，我們四周一直都籠罩著這種黑氣！

「不對，你們等一下，情況確實不太正常！這地方一直飄著一股黑氣，我看這黑氣不一般。」

「真有黑氣？」趙天棟臉色有些變，一邊掐指暗算，一邊低聲道：「難怪我一直覺得氣悶，原來真的有機關。」

趙天棟抬頭對我說：「方曉兄弟，你能不能找到黑氣的眼位？我懷疑那裏面有情況。」

「有什麼情況？」我問道。

「這個還不知道，我無法勘破玄機，現在只能靠你去找了，找到之後，說不定能夠弄明白是怎麼回事。」趙天棟滿臉希冀地看著我，「你看看四周有沒有黑氣特別凝重的地方。」

我繼續查看，都沒有發現特別濃重的地方，心裏有些失望。

但是，就在我正準備放棄的時候，一轉身，卻猛然見到一條黑氣沖天而起，就立在我面前不到兩米遠的地方。

我連忙站起身，指著那黑氣眼位，對趙天棟說：「就在這裏！」

趙天棟略一沉吟，低聲道：「天圓地方，這裏莫名出現一塊被砍伐清空的地面，中央天池又有黑氣沖天而起，統御六合，力壓八方，果然是凶煞陣眼！」

「挖，就從這裏挖下去！」

泰岳和二子拿著工兵鏟，就開始挖掘起來。

「這底下不會有什麼貓膩吧？你讓我們挖，不會出事吧？俗話說，太歲頭山動土，這底下是什麼，你知道不？」二子一邊挖一邊問道。

「這底下的東西，應該不是尋常之物。」趙天棟看著我說：「方曉兄弟，你的玄異學識比我淵博，你可知道這底下是什麼？」

我搖了搖頭，嘆氣道：「我更加看不出來了。」我嘴上雖然這麼說，心裏卻早已回憶起《青燈鬼話》的內容，大概猜到會是什麼了。

如果這塊空地的中央位置有一件極度陰邪之物，製造出了一片陰氣之地的話，那麼，所埋的東西不外乎是冤魂棺槨或者陰靈屍骨，總之是怨氣極深、陰氣森寒的東西。姥爺曾經和我說，不到萬不得已，不要勘破玄機。玄門方外人洩露天機，實在是自尋死路。

所以，我早就養成了不多話的習慣，能不說的事情就不說，能不預測的事情就不預測。我想，趙天棟想必也只是裝作不知道而已。

就這樣，我們兩個一直等到泰岳和二子合力挖出了一樣東西，才有些怪異地看了看對方，那意思似乎在問：你算到了嗎？

是的，我沒有算到，想必趙天棟也沒有算到。

挖出來的東西不是屍骨，也不是棺槨，而是一塊八角形的石碑。石碑足有磨盤那麼大，厚度大約有兩寸，中間有一個小洞，小洞周圍刻滿了符文。那些符文造型詭異，我也無法辨認出來。

趙天棟倒是認得符文，但是也只看懂了一部分，知道是苗疆一種古老的陰文，一般都是刻在棺槨上的，不知道怎麼會在這石碑上出現。

「估計這是一處人工陰眼，這符文可以收集附近山裏的陰邪之氣，然後再釋放出來。」趙天棟看了看我，問道：「方曉兄弟，你覺得怎樣？」

「我覺得你說得對，只是，我總感覺，在這裏發現這個石碑，有些古怪。」我皺眉道。

趙天棟也有些疑惑：「我也覺得荒山野嶺的，突然出現這麼一塊陰邪的石碑有些不妥，但是我也無法破解，實在不知道它的具體含義。」

「古苗語？」泰岳走上前來，仔細看了看銘文，沉吟道：

「這上面的文字並不是連在一起的，我大概認得其中幾個字。有一個是標識方位的，是西南方的意思，中間一個字，是地面的意思，還有幾個字，好像是死的意思。這似乎確實是一塊死者入土為安的悼亡銘文。只是它有斂陰邪之氣的能力，看來並非善物，不如把它毀了。」

「我也這麼覺得，不管這上面刻著什麼，我們把它砸個稀巴爛，它不就沒有什麼作用了嗎？」二子深以為然地點頭。

我和趙天棟對望一眼，也都表示同意。

「既然如此，你們都讓開，讓我來！」見要搞破壞，二子興奮地吹吹手，抱起一塊巨石就砸到石碑上。

「砰！」一聲悶響，巨石尖角朝下，一下子就把石碑砸裂了。

二子將石碑的碎塊撿了幾塊出來，又接連砸了幾次。石碑徹底裂成了碎塊。

大家一起動手把石碑的碎塊丟到一邊，再看石碑下的土地，才發現居然是一片黝黑，泥質如同木炭一般。

趙天棟站起身四下一看，不覺滿臉欣喜道：

「原來如此，原來這裏是這座山頭的風水氣運眼位所在，這石碑通過陰邪之力強壓風水，以至於精氣長期作用於泥土之中，才導致泥質如此奇特。嘿嘿，這可真是，踏破鐵鞋無覓處，得來全不費工夫啊。」

趙天棟微笑起來。

我心裏一動，結合五行八卦的方位推算，發現這片山林的風水眼位果然正是埋藏石碑的地方。先前，由於石碑釋放出了陰邪氣息籠罩整個山林，風水氣運被陰邪之氣攪亂，我們無法分辨出風水眼位所在。

「嘖嘖。」趙天棟感嘆道，「這種氣運玄土，是百年難得一遇的吉壤，屍身葬於其中，不但千年不腐萬年不敗，甚至可以起死回生。我到現在為止只是聽說過有這種氣運玄土，沒想到今天居然親眼見到了。」

「喂，有沒有你說得那麼玄乎？還起死回生，有那麼厲害嗎？」二子疑惑道。

「呵呵，這當不了真的。」趙天棟也意識到自己的話有些誇張了，訕笑一下糾正道：「不過，保持屍身不腐還是可以的。這也算是這位姑娘福運到了，雖然生前境遇讓人同情，但是死後的蔭福吉壤，著實讓人羨慕啊。我們趕快把她葬下去吧。」

我們都疲憊和饑餓了，於是分頭行動了起來。泰岳、二子和婁含掩埋女屍，我和趙天棟、張三公則開始燒火做飯。

大家開始吃早餐，這時，趙天棟開始解釋「黑龍吞屍圖」的事情。

所謂黑龍吞屍，是一種風水格局。先通過尋龍點穴，繪出一條山脈的龍氣走向，然後再將死者葬在龍嘴之中。龍涎乃是龍氣精華所在，屍體處於龍嘴的位置，常年接受龍涎精華滋潤，自然是氣運無限，蔭福萬代，大富大貴了。

那個女人所繪的黑龍吞屍圖雖然粗糙，卻給我們指明了夜郎王墓的所在地，甚至連入口在哪個位置都點明了。現在我們唯一要做的，就是尋找這片山林的龍氣走向。而我和趙天棟都精於此道，可想而知，這張黑龍吞屍圖對我們的幫助有多大。

我們沿著冷水河一路向上走，隔著樹葉山林，已經可以看到前方有一條白色水帶從天而降了。快要中午的時候，我們終於來到了倒天河瀑布旁邊。

瀑布居然有上百米高，寬度有十幾米寬，大水從天而降，砸進底下的水潭，在半空瀰漫出一片白色水霧，陽光一照，就形成了一條橫跨冷水河兩岸的七彩虹橋，甚為壯麗！

「這個地方非但是黑龍吞屍，而且還是一處雙龍抬屍的絕佳風水穴眼，嘿嘿，這夜郎王可真是費盡了心機，居然讓他找到這麼一處千古難尋的風水眼位，嘖嘖——」

趙天棟的話驚醒了正沉醉於景色的眾人，大夥兒連忙問他詳細情況。

趙天棟悠悠地說：

「我已經推算出來，這片山林的龍氣走向正是沿著冷水河一路向上的。也就是說，這冷水河就是一條龍脈，它的盡頭也就是龍嘴。夜郎王想要黑龍吞屍，自然就要將墓穴葬在龍嘴之中。也就是說，夜郎墓應該就在冷水河的盡頭，也就是瀑布的下面。只是，我到了這裏之後才發現，倒天河瀑布居然是另外一條山脈的龍氣源頭所在，也就是說，夜郎王的墓穴並非只是建在一條龍嘴上的，而是正好位於兩條龍嘴的中間。這個格局在風水上，就叫做雙龍抬屍。」

「這麼厲害？」二子問道，「這有什麼好處？」

趙天棟微微一笑，瞇眼向我看來：「方曉兄弟，要不你來給咱們隊長解釋解釋吧，我怕我說了，他不信。」

「呵呵，道長說笑了。」我微微一笑，看了看眾人，發現他們都滿眼期待地看著我：

「風水穴眼最上乘的，當然是龍鳳吉壤，而其中又以龍氣穴眼為佳，可蔭福後人，富貴無限。龍氣穴眼之中，按照龍氣多寡，又分九種。一般的龍氣穴眼只有一龍之氣，雖有龍氣，但是氣運不足，只能蔭福後人，比尋常人家略富貴一點點而已。依此類推，則有雙龍、三龍、四龍等等，一直到九龍至尊的真命天子風水穴眼。」

「龍氣穴眼又有抬屍、拱月、捧雲、聚風等說法，以抬屍最為常見。抬屍就是將屍身葬在龍頭。夜郎墓就是葬在兩個龍頭之間。正因為有雙龍抬屍的蔭福，所以，夜郎王的後人才能逐漸壯大國力，稱霸西南多年。」我不無感嘆地說。

再雄渾的氣運，也經不住時間的流逝。夜郎王的墓穴雖然有雙龍抬屍，但是經歷數百年，龍氣散盡之後，他的後人照樣被歷史的車輪輾過。風水輪流轉，就是這個道理。

這世上沒有絕對的事情，也沒有恆久不變的東西。一切都歸於宇宙之中不停運轉變幻的氣運，再強大的風水穴眼，最多也不過數百年的蔭福作用。這就是天道恆常，循環不息，亙古不變。

「才兩條龍而已，我看這夜郎王也沒什麼大不了的，怪不得只能當個蠻荒部族首領。」二子說道。

我無奈地淡笑了一下，搖頭道：「那你可就真的大錯特錯了。他這兩條龍的氣運蔭福，可不比五龍六龍差的，不然你以為夜郎敢自大？」

二子問道：「這話怎麼個說法？」

我和趙天棟對望了一眼，發現他正在點頭，更加確信了自己的推斷，就說道：

「雙龍抬屍只是最普通的說法，在風水上，還有另外一個名字，那就是雙龍戲珠。那顆珠子是龍珠，是聚集龍氣的精氣之珠，暗蘊陰陽和合、乾坤無極、天人合一的玄奧易理。夜郎王的墓穴，一邊接地龍，是坤氣，一邊接天龍，是乾綱，乾坤相合，陰陽平衡，精氣都凝聚在墓穴之中，形成龍珠氣場，你說這穴眼厲害不厲害？」

「那要是有三條龍也這樣抬屍，不是更厲害嗎？」二子問道。

「你說得不錯。這種河流源頭接著瀑布的格局，其實還暗合另外一種風水格局，那就是魚躍龍門。夜郎王的墓穴，不但符合雙龍戲珠，更有魚躍龍門的格局放大，如此一來，這個穴眼的蔭福之力就成倍增加了。所以，它的力量不比五龍六龍小。」我說道。

「噢，好吧，說完這些，那你能不能告訴我，那個夜郎墓到底在哪兒？咱們趕緊辦正事，行不行？」二子毫不客氣地說。

我答道：「夜郎墓就在瀑布後面。它的入口，應該就在後面的山壁上方九米左右的地方。」

「你怎麼能肯定入口的位置就在那裏？」婁含疑惑道。

我笑道：「因為那裏是雙龍戲珠和魚躍龍門的最佳位置。我想夜郎王應該不會找錯這個位置的。我們去看一下不就知道了麼？」

「河岸這麼陡峭，下去不容易，想進到瀑布後面，更難。」泰岳為難地說，「我來打頭陣吧，我先下去看看。」泰岳麻利地取出了尼龍繩，繫到一棵大樹上，開始向懸崖下面墜去。

我們伏在崖邊看著。懸崖有數十米高，崖壁上由於長期被水汽潤澤，長滿了滑膩的青苔，非常滑溜，根本沒有可以落腳借力的地方。人墜在繩子上，完全要靠手腿的力量抓夾繩子，才能控制下降的速度。

幸虧泰岳體能好，終於順利到達懸崖的底部。懸崖下是一片不停翻冒著白花的潭水，洶湧咆哮的浪頭不比海浪小多少。

泰岳小心地試探水邊的石頭，一點點向瀑布挪了過去，終於在瀑布邊上找到了一塊立腳的地方。不過，他已經全身濕透了，瀑布濺射出來的水花相當於瓢潑大雨。

泰岳拉著繩子又找了半天，找到了一塊可以繫住繩子的石錐，這才將繩子繫了起來，對我們揮手，示意我們下去。

我們一個接一個順著繩子滑了下去，我是第一個。二子和婁含下來之後，我們都有些擔心地向上看，怕張三公下不來。但是張三公老當益壯，竟然也順利下來了。

大家一起向瀑布後面轉過去。由於水聲太大，大家根本就沒法聽到彼此的聲音，所以都用手勢來溝通。

瀑布後面果然別有洞天。瀑布的水簾和後面的石壁之間，有接近五米的間隙，有一半寬度是翻滾的潭水，餘下的一半是碎石堆。

石壁非常光滑，直上直下，長滿青苔。但是，仔細看去，就會發現青苔上有幾個模糊粗糙的大字印記。很顯然，青苔下面的石壁上有雕刻文字。

石壁上大約七八米高的位置，有一塊舌形突出的巨石。由於巨石的遮擋，我們無法看到更上面的石壁，但是，我們確信，夜郎王墓的入口，應該就在那裏。

而我們面前有一條狹窄的石頭階梯，直通到巨石上面。我們心裏一喜，就向上登去。

來到巨石處，再抬頭看石壁，就發現石壁上凹進去了圓圓的一塊。凹進去的圓塊直徑足有兩米，上面畫著太極陰陽繞行的圖案，正是龍珠氣場的象徵，這應該就是入口石門了。

我和趙天棟連忙查看石門，發現石門是和山體渾然一體的，完全沒有縫隙。我們犯了難，不知道該怎樣打開石門。

二子很心急，居然真的拿出了一個小型炸藥包。婁含緊張地上前一把按住了他，大喊道：「你不要亂來，等下把這大石頭也炸下去了，我們連上都上不來了！」

二子無奈地喊道：「那你們說怎麼辦？」

「不要急，我有辦法！」趙天棟說道，「這石門應該是有機關的，你們稍等一下，讓我算一算。」

趙天棟又對我說：「方曉兄弟，你也和我一起算一算吧，看看石門到底要怎樣才能打開。」

我點了點頭，正準備和他一起用五行八卦的易理推算，泰岳卻分開眾人走了上來，皺眉道：「這石門上面有字，說不定對開門有用。」

我們這才發現石門上果然鐫刻著細小的苗族文字。

「這文字的雕刻痕跡不是很舊，應該是不久前才刻上去的。」趙天棟很疑惑。

「這文字確實是提示如何開啟墓門的，不但說明了方法，甚至還有落款。」泰岳說道。

「吆喝，居然還留下姓名了，叫什麼名字？」二子好奇道。

「名字叫徐海凌，聽起來像是個女人，難道是我們剛埋掉的那個女人？」泰岳自言自語道。

我覺得似乎在哪裡見過這個名字，連忙把背包裏裝著的日記本拿了出來，翻開一看，赫然發現，日記的主人，也就是那個吊在林中的女屍，果然叫做徐海凌。

我心裏一陣激動，既然那個女人知道如何開啟入口，那麼她定然也會在日記中詳細說明開啟的辦法，如此一來，哪怕石壁上雕刻的字不能給我們提供多少資訊，我們也不愁沒法打開墓門了。

「你看看是不是這個？」我把日記本遞到泰岳面前。

泰岳瞟了一眼日記本，立刻眼睛一亮，欣喜地一把抓著日記本道：「我們真幸運，我們可以進入墓穴裏，和夜郎王那老鬼見見面了。」

「喂，到底怎麼進去，趕緊說行不行？都快急死老子了！」二子有些不耐煩地說。

泰岳解釋道：「開啟墓門的方法就是陰陽逆轉，確切來說，就是需要一男一女一起逆轉石門，然後就可以打開了——」泰岳停住了，慌亂地看了看大家，重重一拳砸到石門上。

「怎麼了？」婁含不解道。

「一男一女。娘的，現在咱們隊伍裏都是男的，這下好了，沒有女人還進不去了，哈哈哈，剛才他還高興呢，現在蔫巴了。」二子笑道。

「哎——這真是天命啊，只差臨門一腳。」趙天棟無奈地嘆息了一聲。

「那還廢什麼話？你們都讓開，還是讓我來炸開。」二子說道。

「不要亂來！」這一次，阻止二子的人是趙天棟，他神色凝重地說：「雙龍戲珠加上魚躍龍門，這個風水格局，千百年來不知道吸收了多少天地精氣，如果不是按照正確的方法開啟入口，說不定我們這輩子都難以找到墓穴所在了。」

「你不要亂說，這墓道就在門後面，難不成還能飛了不成？」二子滿臉疑惑。

「就是會飛。現在這個墓道已經完全被精氣充斥，如果強行破門，很有可能引動精氣亂流，進行自我保護，那樣一來，說不定這些強悍的精氣，會將整個墓道包裹起來，搬運到異空間。如果發生那樣的事情，恐怕這世間就再也不會有夜郎墓了，你明白嗎？」趙天棟說道。

不光是二子，就是我這個精於玄異學識的人，也被震駭到了。沒想到精氣濃厚到一定程度，竟然會產生如此奇異的狀況，這還真是聞所未聞。

「我說老道，你不要聳人聽聞了，我還真就不信這墓道能憑空消失，你騙騙小孩子還差不多。」二子很有自信地反駁道。

「他說得對。」張三公走上前來說，「如果強行破門，確實會發生墓穴消失的異狀。我年輕的時候，有一位戰友就曾經遇到過這樣的奇事。他們炸山的時候，山上確實有一處古墓。但是，被他炸了之後，那個古墓就完全消失了，一點蹤跡都沒有。」

「你們一個說得比一個玄乎，到底他娘的是不是真的？」二子也遲疑了起來，收起了炸藥包。

「絕對是真的，不信你問問方曉兄弟，他應該也知道這個事情的。」趙天棟說道。

二子問我道：「你不會騙我的，你說，他們說的是不是真的？」

「是真的。」我雖然並不確定他們的話是不是真的，但是，我卻肯定了他們的建議。因為，我們其實是可以開啟石門的。因為，我們的隊伍之中有女人。何況，大掌櫃婁含為了這個事情，還擔著責任。

二子這才完全相信，他有些頹喪地長嘆了一口氣，一屁股坐到地上，無奈地說：

「拉倒吧，打道回府吧，我真是受夠了。這一趟出來，從一開始就錯了，大錯特錯。我看這還真是命，不信不行。」

我對大家道：「你們都去下面等我，我可以把石門打開。」

「什麼，你能打開？」大家都向我看過來，臉上滿是驚愕的神情。

「放心吧，我有辦法，婁含留下來幫我一下，其他人都下去吧，我擔心等下施法的時候，影響到你們。」為了幫婁含掩飾，我只好把事情說得嚴重一點。

大家只好面帶不解地退到石壁下方。

婁含確定沒人能看到我們時，才對我低聲道：「要怎麼才能打開石門？會不會有什麼危險？」

「危險肯定是有的，但是也要看運氣。」我微微一笑，翻開筆記本查找開啟的辦法。果然，在一頁日記上見到了詳細的敘述。

第六十六章

兩個世界

這時候，我才明白為什麼有兩個世界的感覺。
墓道長年累月吸納天地精氣，已達到化形自在的程度，
從而出現了相對獨立的氣場。這樣的地方，
就是一個獨立的空間，沒有出口，也沒有盡頭！

「太陰龍門開啟之法，陰陽逆行，方可開啟……」

開啟太陰龍門需要一男一女，以中指精血注入龍門太極圖案中的兩個小圓點，然後驅動龍門陰陽氣場轉換，帶動石門逆向旋轉。

我們要做的，就是利用女性陰氣對黑點氣場進行充實和擴大，用男人的陽剛之氣擴充白點的氣場，從而達到太極圖案的陰陽平衡，解除太陰龍門上的氣場鎖定。

我和婁含都咬破了中指，接著找準了黑白兩點的位置，把血滴了上去。血一下就被完全吸收進了。不過，石門卻沒有任何移動的跡象。

我立刻明白過來，可能是因為我們注入的精血太少的緣故。血分別注入九滴之後，只覺一陣凶狂的大風刮過，聽到「喀啦」一聲脆響，那原本沒有任何裂紋痕跡的石門上，太極陰陽圖案中的兩個黑白小點同時凹陷了下去，出現了兩個小孔。

我連忙和婁含一人扣住一個小孔，用力向逆時針方向旋轉。隨著我們的發力，圓形的石門，開始緩緩旋轉移動起來，發出了一陣「嘎啦啦」的聲響。

石門四周漸漸出現了一條極為細微的縫隙，縫隙中不停地向外噴射出強大的氣流。隨著氣流噴出，石門幾乎自行運轉起來。

我連忙鬆開石門，拉著婁含向後退了一步，靜靜地等待著。果然，石門緩緩地轉動著，從中間分成兩半，縮進了兩側石壁之中，我們眼前出現了一個深不見底的洞穴。

洞穴之中不時噴湧出強大的氣流，吹得我們都有些晃蕩。我知道那是貯存在墓道之中的天地精氣，並無大礙，終於鬆了一口氣。

我轉身走到崖邊，對二子他們招了招手。他們滿心期待地跑了上來，看見石門果然打開了，二子激動地一把將我抱住，大叫道：

「哎呀呀，我真是越來越佩服你了，快說，你是怎麼做到的？」

我解釋道：「其實很簡單，我有陰陽雙尺，可以滿足陰陽的要求。」

我說完之後掃視一下眾人，發現二子和張三公深信不疑，趙天棟卻瞇著眼睛微笑著，對我微微點頭，神色大有深意，泰岳更是緊皺著眉頭，上下打量著婁含。

我微微嘆了一口氣，知道我的話瞞不住這兩個傢伙，不過好在他們也沒有點破，就轉移話題道：「好了，咱們還是趕緊進去吧，免得夜長夢多。」

「我倒要看看夜郎王到底藏了什麼寶貝在裏面，哈哈哈！」二子恢復了生氣，滿心興奮地指揮著眾人準備進入墓道。

「泰岳，你在前頭帶路，餘下的人走中間，我來壓陣。各人都把傢伙準備好，這裏面到底是個什麼情況，誰也說不準。」

二子把柴刀和匕首都拿了出來，這才感覺安全了一點。

我們開始進入墓道。我跟在張三公和趙天棟身後，排在第四個。在進入墓道的一剎那，我突然心裏一動，覺得自己這一進去，說不定就到達了另外一個世界，和外面的世界隔離了。

我心裏有些不捨，忍不住回頭看了看。這時，我眼角一動，似乎在左側的水幕後面，看到了一個黑色影子一閃而逝。

我眉頭一皺，剛想要提醒一下，卻還沒來得及說就被二子推了一把，跌進了墓道中。

「我說，你不要磨磨蹭蹭的，行不？」二子這時心情很好，根本就沒注意到我的神情。

我也有些責怪自己太過小心了，就把剛才想說的事情咽了回去。

我們走在一條人工開鑿出來的通道上。石洞的四壁都被打磨得很光滑，上面雕刻著很多符文和浮雕。符文都是古苗語，而浮雕更是怪異。浮雕上除了人類是我們認識的之外，其他東西從未見過。

蟠曲細長，如同雲彩一般的巨型蛇形浮雕，應該是一條虯龍，卻生出了肢節，看著離奇又詭異。

四壁上，原本應該是鎮墓凶獸或者夜叉的浮雕，現在卻只有一些面容粗獷凶戾、雙目似火、寬嘴大鼻、全身覆蓋著鱗片、頭上長著尖銳的犄角、下身拖著巨大陽具的凶惡形象。偶爾能見到一些女性的形象和一些正常的男性形象，卻也都披頭散髮地糾纏在一條大蛇之中。

墓道前面部分很直，我們還能看到身後入口處的光亮。但是，我們向前走了沒多久，突然聽到身後傳來一陣石壁摩擦的聲音。

我們一齊凜然回頭，發現石門入口處居然有一個黑影正在奮力移動石門，試圖將石門關上。大家都是一驚，連忙轉身向後跑，試圖去阻止關門。

「喂，快給老子住手！」二子一邊跑一邊大吼。

他這麼一喊，那個人反而停下了動作，接著抬手指向了我們。

二子突然停住了腳步，接著一舉手，阻住了眾人的腳步，靜靜地看著門口的那個人。

由於是背光，我們看不清他的面容，卻可以清晰地看出來他的身形，那是一位身材佝僂消瘦的老者。

此時，他站在門口，正舉著一樣東西對著我們，那是一把黑五星手槍。有這麼一把手槍指著，也難怪二子這個不要命的傢伙都不敢動了。

「喂，老人家，你是誰？為什麼要斷我們的後路？」二子咽了咽唾沫，有些緊張地問道。

「嘿嘿嘿！」那個老者發出了一陣冷笑，接著緩緩後退一步，讓我們看清了他的模樣。

我們心裏一驚，倒抽了一口冷氣，這個老者正是天水苗寨的那個知老！

他正用陰冷的眼神盯著我們。他的臉上有憤怒，有不屑，更多的卻是嘲笑。對於我們無禮地闖進他們的禁地，他似乎並不是痛恨，反而有些幸災樂禍。

「老人家，有話好好說，請您不要衝動，我們無意冒犯，我們可以馬上就離開這裏。」我一邊說話，一邊不動聲色地向前走去，試圖對他發動突襲。

但是，他根本就不上當，我一句話還沒有說完，他就已經扣動了扳機。

「砰——」一聲震耳的槍聲響起，子彈擊穿了我的右胸。

我頓時感覺自己的身體似乎被巨物重擊了一下，整個人向後飛出去，落地之後，好半天沒能緩過氣來。等我艱難地看視自己的胸口時，發現胸前已被鮮血染紅。我只覺得天旋地轉，兩耳蜂鳴，意識模糊。

大家七手八腳地圍著我，有的幫我按壓傷口止血，有的在流淚，有的滿臉憤怒地斥罵那個知老。

「進了我偉大金月王的神殿，你們還想出來嗎？哼，實話告訴你們吧，迄今為止，還沒有人能夠活著從這裏走出來，你們就等著給金月王陪葬，成為他永世的奴僕吧，哈哈哈哈——」

知老站在洞口張狂地大笑著，繼續後退了一步，洞口兩側走出了一男一女兩個苗人，將墓門緩緩地合到了一起。

眼睜睜地看著洞口的光亮一點點地消失，眾人的心中都漸漸墜入了黑暗。最後的時刻，婁含瘋狂地站起身，向著墓門飛奔過去，卻被縫隙裏飛進來的一顆子彈擊中了肩頭，翻身撲倒在地。

槍響之後，墓門完全關閉了。我們與外面的世界，完全隔絕了。

我無力地躺在地上，艱難地喘息著，感覺自己的身體已經不屬於自己了，快要碎掉了。疼痛就像狂風巨浪一般，不停地衝擊我的身心。我頭一歪，沉沉地睡著了。

沉睡之中，那個幽靈一般的身影再次出現在我面前。這一次，她和我的距離更近了，我甚至能夠看到她那細長的髮梢，看到她剛毅的神情，以及飄逸的身姿。

她似乎在舞蹈，又似乎在戰鬥，她的周圍瀰漫著無數陰影，遮擋著她的身姿，讓我無法將她看清楚。但是，我們仍不時四眸相對，似乎早已熟識，有一種久別重逢的激動。

我禁不住向她狂奔過去，想要問問她到底是誰，為什麼會一直出現在我的夢中。

「砰——啪——」就在我萬分激動地向前狂奔時，一聲巨響傳來，震得我上下顛簸了起來，只見面前一片火光閃耀，煙塵和碎石漫天落了下來。

「嗯？」當我聞到硝煙味時，才明白確實有一場大爆炸發生了。

我奮力扭動身體想要站起來，手臂和雙腿都被按住了，扭頭一看，這才發現泰岳和二子正用身體死死地護著我，而在我的旁邊，躺著也中了槍傷的婁含。

婁含的體質無法和我相比，雖然她只是肩頭中槍，卻因為失血過多而臉色非常蒼白，氣息相當微弱。

「嘩嘩嘩，咚咚咚——」碎石如雨下。

泰岳、二子、趙天棟和張三公，此時都奮力地舉著背包，遮擋著石雨。

一波石雨落下，他們前去查看爆炸的痕跡。在我們前方不遠處，被炸出了一處大坑，石壁上凹陷的深度足足有二十釐米。

剛才爆炸的東西，應該就是二子一直帶的那個小型炸藥包。想必是因為洞門被關上了，二子想把洞門炸開。可是，他似乎炸錯了地方，並沒能炸開石門。

「真是見鬼了，這兒明明是石門的位置，怎麼炸了之後根本就沒有門呢？這是怎麼回事？門到哪裡去了？」二子抓著頭髮，大聲叫了起來。

我心裏一動，連忙抬頭一看，他爆破的位置確實是我們剛才進入的石門。那麼剩下唯一的解釋，就是石門此時已經不在原來的位置了。

我心裏頓時一堵，禁不住「哇——」一口吐出了鮮血，渾身暴出了一層冷汗。石門確實沒有了，或者說已經不在原來的位置了。

這個時候，我才明白剛才為什麼有兩個世界的感覺。這墓道長年累月吸納天地精氣，已經達到了化形自在的程度，從而出現了相對獨立的氣場。這樣的地方，只有機緣巧合時，才會和外部世界相連，其他情況下就是一個獨立的空間，沒有出口，也沒有盡頭！

「老天爺，我這不是自取滅亡嗎？」我仰頭自問，幾乎流下了淚來，我知道，或許我們不可能走出這個墓道了。我們是真的要成為那個金月王的奴僕了，至少要給他陪葬了。

「怎麼辦？」背靠著石壁坐在我旁邊的婁含也明白了什麼，有些驚恐地望著二子他們，身體有些顫抖地低聲問我。

我無奈地苦笑一下，攥緊了拳頭，猛地砸了一下地面，才深吸一口氣，平復了一下悲愴窘迫的心情，對她慘笑道：

「放心吧，事在人為，總會想到辦法的。我們一定可以出去的。」

「你這是在安慰我嗎？」婁含眼角閃出了淚花，扭頭擦了一下，聲音哽咽地說：「我早就想到會有危險的。原本我以為自己很堅強，沒想到，我還是忍不住會害怕，我真是沒用。」

「這是每個人的本能，沒什麼可自責的。」我有口無心地應付了她一句，對趙天棟問道：「道長，怎麼樣？」

「沒辦法。」趙天棟長嘆了一聲，「這個地宮應該是按照五行八卦的格局設置的。這種格局吸收累積天地精華之氣，氣運凝聚成形之後，五行九宮便會自動按照休、生、傷、杜、景、驚、死、開八門運轉。也就是說，雖然墓道的入口——也就是生門所在的位置是不變的，但是門後的整個地宮卻如同天體一般不停旋轉。這樣一來，墓道真正有用的時間就是寥寥無幾的。我們可以進，但是不能出，因為，生門早已轉開了位置。」

「那我們現在怎麼辦？」二子焦急地問。

「只能繼續前進了，看看墓道裏有沒有可以借用的資訊和工具，不然的話，就只能等死了。」趙天棟嘆了一口氣道，「這夜郎墓的設計者，也是一代堪輿奇人，否則無法設計出如此精妙神奇的地宮。」

「那，要是我們找不到出去的辦法，是不是就要一輩子都被困在這裏了？」泰岳有些遲疑地問道。

「至少在生門和墓道出口重合之前，我們是無法出去了。而且，就算這兩者重合了，我們也要能夠準確計算出時間，適時進行開鑿和爆破才能出去。失之毫釐，謬之千里，到時候，遲上一時三刻，或者早了一時半分，也就錯過出去的機會了。所以，能不能出去，只能看天命了。」趙天棟又嘆了一口氣，對我問道：「你感覺怎樣了？傷勢沒問題吧？」

見趙天棟這個時候還不忘關心我，我心裏有些感動，微笑道：「你們放心好了，我只要不是腦袋搬家，基本上都沒什麼大問題的。」

「呵呵，這一點確實厲害，我真心羨慕你啊。」趙天棟又問道，「那麼，方曉兄弟，依你看，我們能夠走出去的機率有多大？」

我張口剛想說，但是隨即想到身邊還有妻含，連忙故作深沉地低頭沉思了一下，滿臉自信地說：「大家放心吧，天無絕人之路，只要我們堅定自信，最後總會走出去的。」

大家都有些無奈地訕笑了一下，不再說話了。

「好了，總之在這裏等死是不行的，我們還是儘快前進吧，說不定，這後面就有出去的路呢。」泰岳分開人群，上來幫我和婁含處理傷口。

張三公也自覺地跟了上來，幫我和婁含上了藥。大家的心暫時安定了下來。

打頭的人換成了趙天棟。他一手拿著手電筒，一手握著長劍，小心地查看石洞裏的情況。石洞的四壁還是那些奇怪的壁畫和符文。

石洞突然一拐，撲面一陣冷風吹來，我們抬頭一看，前方的墓道變得寬敞了起來。

趙天棟突然悶哼了一聲，站住不動了。

「怎麼啦，老道？」二子問道。

「我腳下可能有機關，一塊突起的墓磚被我踩下去了。現在我還沒有抬腳，機關還沒有啟動，但是一抬腳可能就要出事。」趙天棟有些艱難地側身看了看我們，「你們趕緊檢查一下四周，早作準備。」

「嗯，你堅持住。」大家面色凝重，連忙向後退去。

把我和婁含藏到拐角之後，二子、泰岳和張三公才去檢查墓道的情況，找尋機關。

我和婁含肩膀靠在一起坐著，手電筒照著面前的地面，豎耳聽著墓道裏窸窸窣窣的聲音。

「小心！」一聲驚呼傳來，我的神經再次緊繃了起來。

「小心！」又一聲斷喝從拐角處傳來。

只聽得「嗖嗖——」一陣破空聲，緊接著，密集的黑鐵發亮的箭矢從拐角飛射了出來，直直地釘到地上，在石地上碰撞出了一點火星。我和婁含頓時驚得面如土色。

此時張三公、趙天棟、泰岳和二子都還在拐角那邊的通道裏。在這麼密集的箭矢之下，可以想像他們現在的樣子了。

我立刻撲過去查看四人的情況，只見他們都趴在趙天棟剛才站的地方。他們早就發現了那些黑鐵箭矢，所以，在箭矢發射之前，就躲到了箭矢射不到的位置。

我這才鬆了口氣坐回來，喊道：「喂，你們再看看還有其他機關沒有？別再出問題了。」

「我靠，抓住啊！」

「哇呀，救命！」

「快，都不要動！」

他們再次驚慌地呼喊了起來。我連忙側身一看，心裏再次一驚。此時，他們所在的位置已經變成了一個陷坑。

那個陷坑上面原本搭了一層沒有承重能力的石磚，如果是一個人獨自走上去，或許還不會出事，但是他們四個一起撲了過去，陷坑上面的石磚層就塌陷下去了。

而那陷坑兩邊又是和通道的石壁齊平的，完全沒有借力點，只有兩頭的坑邊可以抓拉。他們突然下陷，情急之下，只有泰岳反應很快，在空中扭轉身體，單手抓住坑邊，掛在了坑壁上。

我扭身時，正好看到他們一起墜下陷坑，也顧不得身上的傷痛，奮力向他們奔去。跑到陷坑邊上一看，我才鬆了一口氣，暗叫萬幸，同時也感到很緊張。

此時，泰岳一個人用一隻手臂死死抓著坑邊，他緊咬牙關，勉力支撐著。二子緊緊抱著泰岳的雙腿，趙天棟一隻手死死抓著二子的一隻腳，另一隻手拉著最下面的張三公。四個人掛成了一串，如同糖葫蘆一般。

泰岳不愧是特種兵出身，臂力超常，居然可以單手承受四個成年人的重量。但是，這只是暫時的，再厲害的人，都很難在這種狀況下支撐太久。

我心裏又驚又急，可是一時間又想不出什麼辦法把他們救上來。

「啊，這，這可怎麼辦？」婁含也跟了上來，一見到這個狀況，頓時尖叫起來。

泰岳死死地盯著我，似乎想要和我說什麼，但是又不敢開口說話，怕會洩力，然後大家通通完蛋。

不過，我也大概明白他的意思了，因為，他在盯著我的背包。我連忙放下背包，掏出尼龍繩，打了一個繩扣，扔到陷坑下面，大喊道：

「最下面的一個人，抓住繩子，不要再抓著人了。我拉你上來。」

「好。」張三公沙啞地回了一句。接著我感到繩子一緊，知道他已經抓住繩子了，連忙向婁含大喊一聲，兩個人合力抓著繩子往上拉，終於把張三公拉了上來。

泰岳的壓力頓時減輕了很多。我們不敢有絲毫耽擱，接連把趙天棟和二子都拉了上來。

泰岳最後一個上來，他躺在地上大口喘氣。他的一隻手臂由於吃力過大，已經抽筋了，整條手臂都僵直了。婁含幫他按摩了半天才緩過來。

陷坑足足有五六米寬，兩邊都是光滑的石壁，我們現在想要到陷坑另外一邊去，根本就不可能了。大家苦笑地對望了一眼，都感到無奈。

「道路坎坷啊，哎，他娘的。」二子悶悶地說，坐在陷坑邊上抽起菸來。

「只有想辦法用撓鉤抓住那邊的坑邊，順著繩子爬過去。」泰岳說道。

「這個做法太冒險了，對面的石地是平的，根本就沒有可以抓撓的地方，就算你能把撓鉤扔過去，也起不了作用。」趙天棟反駁道。

「那就只能原路返回了。」泰岳攤攤手道。

「這可不一定。」婁含說道。

「哦，難不成你有辦法？」大夥兒有些驚奇地看著她。

「呵呵，我沒有辦法，但是，咱們的小師父有。」婁含雙臂抱胸，對我淡淡一笑。

「讓我試試看吧。」

我掏出了婁含送的那根鋼管，走到坑邊目測距離。即便我體力超常，也沒有自信能躍到對面去，何況，有墓道頂壁的限制，我躍過去的時候，很有可能一頭撞到頂壁。所以，就算我用鋼管借力，我起跳時的速度和力量還是需要十分小心地拿捏。

機會只有一次，不成功便成仁。一旦墜落下去，我就和這個世界永別了。但是，這是我們唯一的機會，我必須奮力一搏！

我深吸一口氣，後退幾步，剛要向前跑，就被一把抱住，撲倒在地了。

「方曉，你要幹什麼？」泰岳厲聲問道。

我這才記起來，我還沒有和他們解釋具體的做法，難怪他們會誤會。

「不行，這樣做太危險了，我不同意。」二子第一個表示反對，泰岳也緊皺眉頭說：「這個東西，真有這麼厲害嗎？萬一它不起作用了，你怎麼辦？」

我苦笑了一下，問道：「我們現在還有別的選擇嗎？」

泰岳一愣，忽然衝我笑了一下，接著掏出了尼龍繩，一頭綁在自己腰上，另一頭綁到了我的腰上，說道：

「我們是磕過頭的把兄弟，要同生共死的。你放心，大哥我不會讓你一個人去死的。要死，我們也要死在一起。」

二子上來抓著繩子說道：「這個主意不錯，你跳吧，我們拉著你，保證你不會掉下去。只要你能撐得住，我們絕對不會鬆手的。」

「對，這個主意好！」婁含也滿心欣喜地上前抓住繩子。

「方曉兄弟，加油！」趙天棟和張三公也抓住了繩子。

我不覺信心大增，感到一股熱流傳遍全身，力量也增加了不少。

「那好，我開始了！」我向前猛跑兩步，毫不猶豫地跳了出去。

「呼——」耳邊生風，我在半空中瞇眼看著石坑邊緣，我已經開始下墜了，連忙一摁機括，將鋼管裏的鋼絲發射了出去。

「啾——」鋼絲閃電般彈出，帶著倒刺的尖銳頭部穩穩地釘進了石壁之中。

「嘿！」我雙手死死抓著鋼絲，身體猛地一墜，掛在了石壁上。

「成功了！」大家發出歡呼。

「不要鬆懈！」泰岳喊道。五個人都伸著脖子，抓著繩子，滿心緊張地看著我。

我掛在石壁上喘了半天才緩過勁來。先前中了一槍，還沒有完全恢復，剛才那一躍，似乎撕裂了傷口，我墜下之後，頓時感覺右胸腔裏刀絞一般刺痛，疼得我差點鬆手。

我沿著鋼絲向上攀爬。由於鋼絲很細，我的手都被割開了血口子。我緊咬牙關，幾乎是用手骨摩擦著鋼絲，身體顫抖起來，我的意識開始變得模糊，力量也越來越弱。

在距離坑邊不到二尺的時候，我已經用盡了全身力氣，手上的血順著鋼絲滾珠一般向下流，我咬牙仰望著坑邊，想一鼓作氣爬上去，卻沒法再使出一點力氣，只能眼睜睜地看著自己順著鋼絲，一點點、一點點地向下滑去。

不行了，我實在堅持不住了！

我心裏絕望地嘆息，已經準備放開雙手，任由自己墜落下去了。

忽然，一條黑色的岩石縫隙在我眼角閃過，我全身一震，如同溺水的人抓住了救命稻草一般，一聲大吼，鬆開鋼絲，同時抽出了陰魂尺，猛地插進了那條縫隙。

「咕咚——」一聲沉悶的撞擊，我抓著陰魂尺吊掛在了岩石壁上。我轉身雙手抓著陰魂尺，向上一提氣，一隻手去摸陷坑的邊緣。

摸到邊緣後，我用盡全身力氣將身體向上提，拔出了陰魂尺，另外一隻手也跟了上去，雙臂扒住坑邊，終於爬了上去。

「呼——」我滾倒在地上，身上和手上的疼痛使得我全身的肌肉都劇烈抽搐，整個人像散了架一樣，感覺還不如死了好。

「方曉，你怎樣了？」對面的幾個人都焦急地喊了起來。

「沒事。」我深吸了一口氣，費力地起身，摸索著找地面上的石縫，終於找到了一條半指寬的縫隙，就把陰魂尺插了進去，把尼龍繩繞繫在尺子上，讓他們陸續過來。

泰岳將繩子的另外一頭固定住，在陷坑上搭起了一條繩橋，沒多久，大夥兒就全都過來了。

張三公很麻利地幫我把雙手包紮了，又查看了一下我右胸的傷勢，幫我止了血，這才皺眉道：「方曉啊，你真不該逞強啊，你這是和自己過不去啊。」

「沒事的，我現在需要的就是休息，好好睡一覺就好了。只是，這樣就要耽擱大家的行程了。」我說道。

「我看是該休息一下了，不然真的扛不住了。」二子說道，「大家就地休息，吃飯睡覺，養足精神，反正夜郎王都死了上千年了，跑不了。」

這一覺不知道睡了多久，當我被推醒時，發現身邊只有婁含、二子和張三公。

「他們兩個呢？」我揉揉眼，疑惑地問。

「噓——」二子湊過來低聲道：「出了奇了。」

「怎麼了？」

「剛才大夥半睡半醒的時候，聽到通道那頭有腳步聲。你說這事奇不奇怪？我們還以為有另外一撥人，先我們一步進到墓道裏了呢。所以，就讓泰岳和老道去查看一下情況，結果，他們兩個拐彎之後，就再沒有任何聲音了，直到現在都沒有回來。那個腳步聲也消失了。但是，這裏變得越來越陰冷了，我都有點毛毛的。現在只能靠你了，你看看這裏到底有什麼東西？」

我頓時也感覺全身一陣陰冷，我連忙瞇眼向四周看去，登時驚得目瞪口呆。

我還是第一次見到如此多黑影同時出現。此時，我們的四周站滿了黑氣繚繞的影子。這些影子幾乎是臉貼臉地看著我們。我不知道它們要做什麼，而它們顯然早已知悉我們此行的目的。

我本能地一躍而起，背靠石壁，抽手就去摸打鬼棒，卻摸了個空，抬頭一看，發現二子居然滿臉戲謔地獰笑著，正在對我揮動著打鬼棒。

「給我！」我一聲冷喝，伸手去奪打鬼棒。二子突然一陣猙獰的大笑，轉身向墓道的深處跑去。

「二子，你怎麼了？」我覺得事情不對勁。站在我旁邊的張三公和婁含竟然也轉身冷冷地看著我，捏著嗓子說：「不要怕，他去見閻王啦。」

「嗯？」聽到這兩個人鬼一樣的聲音，我心頭一凜，連忙飛身一躍，同時去摸陽魂尺。還好，陽魂尺還在！

「呀——都給我退去！」我一聲怒吼，陽魂尺劃出一個大圓弧，擴散出一大片精純氣場，瞬間將那些圍繞我的黑色鬼影驅散開去，也將婁含和張三公逼退了好幾步。

「嗚嗚呀——哈哈哈——」四周的鬼影發出了淒厲的號叫，迅速向墓道深處退去。

婁含和張三公則滿臉驚疑地看著我，似乎怕我殺了他們一樣。我手握陽魂尺，眯眼向他們看去，只見他們的背上都伏著一團陰森的黑氣，就抬起陽魂尺，向他們身上點過去。

張三公行動遲緩，無法躲過我的招數，被我當胸點中，頓時全身一陣哆嗦，顫抖著撲倒在地上，失去了知覺。而婁含卻趁著這個機會，撒腿向墓道深處跑去。

我飛身一躍，就追到了她的身後。此時我的身體已經恢復了。

「著！」我一聲冷喝，陽魂尺點中了婁含的後背。

婁含頓時也是一陣哆嗦，全身抽搐著撲倒在地。清除了兩人身上的陰邪之氣之後，我連忙彎腰扶起婁含，用力掐她的人中。

就在這時，一陣腳步聲突然從墓道深處傳來，我抬頭時，借著地上手電筒的昏黃光芒，赫然看到墓道深處站著一個黑色人影。

我心裏一動，知道這是不能錯過的時機。我不知道那個人影是不是二子、泰岳和趙天棟中的一個，但是，我得追上他，將他身上的陰邪之氣解除。

這個時候，我不急於去弄醒婁含和張三公了。他們被陽魂尺點過之後，身體之中已經蘊含了一股純陽精氣，在這些精氣散盡之前，不會再有陰邪之氣侵犯他們，我大可以把他們放在這裏，等待他們自然醒來。

我起身飛速向墓道深處的人影追了過去。

「啪啪啪——」那個人影一轉身跑了，接著一閃身就消失了。

我追過去才發現，墓道拐彎了。我聽著前方的腳步聲還很清晰，就繼續追了下去。讓我感到奇怪的是，即使我的速度已經很快，卻不管怎麼追，前面的人影始終和我保持不下十米的距離。

我一直只能照到模糊的身影，卻認不出來他到底是誰。我不知不覺跑了上百米遠，猛然剎住腳停下，用手電筒一照四周，發現我已經處在一個墓室中。

墓室的面積有半畝地大，整體呈圓形，四壁都是青色石磚，牆根底下按照八卦方位安放著造型詭異、面目凶戾的鎮墓獸雕像。墓室中央有一口青森森的大石棺。石棺有半人高，一米半寬，通體都是青色岩石，造型古樸厚重，也透著更加濃重陰森的氣息。

我心裏一動，幾乎以為這就是夜郎王的棺材了，但是轉念一想，又覺得不太對勁。如果這就是夜郎王棺槨的話，那未免有些寒酸了。

就在我試圖查看石棺上的雕花和符文印記時，猛然聽到石棺之中傳來一陣「咯吱吱」的聲音。

我的頭皮一麻，認出這種聲音是人用指甲抓石棺內壁的聲音。我連忙向後撤，彎腰瞇眼向石棺看去。石棺之上，直挺挺地躺著一個黑影！

這個影子如此真實，和活人沒有多少差別，完全不像有陰邪之氣的怨魂。

我心裏一震，疑惑地揉揉眼睛，定睛一看，徹底看清楚了那是一個人影。果然是一個活人，正是二子。這傢伙不知道什麼時候躺到了石棺上。

我連忙向二子走過去，想從他手裏拿回打鬼棒，然後幫他解除身上的陰邪之氣。但是，我剛剛走到石棺旁邊，石棺的頂蓋突然「喀啦」一聲震響，向側面翻了過去。

這樣一來，蓋子上躺著的二子就「咕咚」一聲掉進了棺材裏，棺材蓋子又繼續翻轉，把棺材給蓋上了。原來，棺材蓋子也是一處機關，上面的蓋子是一個翻板。

我連忙走上去想查看二子的情況。等到我走到棺材邊上才發現，棺材蓋子翻上來的一面不是平的，而是往下凹陷的。此時，在凹陷的蓋子裏，竟然也躺著一個人！

這個人全身都裹著黑褐色布幔，最奇怪的是，頭上還套著一個長滿綠色銅銹的銅釜。

我心裏一驚，本能地向後跳了一步。我知道這玩意到底是什麼了。

第六十七章

迷幻奇局

氣象萬千的中央天池，是設置玄異機關的極佳處所。
這種玄異陷阱，可以是機關實物，
也可以是氣運風水，更有可能是一個迷魂氣場。
因此，我們現在所見的一切，很有可能都不是真的！

「套頭葬！」這是苗疆夜郎部落最神秘詭異的殉葬之法。

這種葬法，是將年輕尚未娶妻生子的部族男子頭上套上銅釜，然後用骨釘活活釘死，致使他的怨氣全部集中在銅釜之中無法外洩，然後以巫術封住他的氣穴靈竅，讓他成為怨氣極強的殉葬屍骨。

這種屍骨，一般會被安放在主墓室外圍，用來充當守衛。而這種怨氣深重的屍骨最厲害的地方，就是一旦有生人之氣靠近，立刻會產生極為恐怖的屍變。這種屍變就叫做：黑殭。

《青燈鬼話》上說：屍分五等，一為死屍，二為白殭，三為黑殭，四為血殭，最厲者為活屍。殭屍集天地怨氣、晦氣，不入六道，陰猛凶戾，常人觸之即死。

殭屍無魂，支配殭屍行動的，是殭屍體內淤積的怨氣。而這種怨氣，在長年的累積之後，早就化為簡單直接的仇恨，仇恨世上一切生命。殭屍所有行動的唯一目的，就是殺戮和破壞，不滅不休。

殭屍陰氣極重，常人只需一碰，立刻陽氣衝散，瞬間斃命。不過，也正因為殭屍陰氣極重，所以，殭屍不能曝光，一旦被太陽光直接照射，陰氣立刻被真陽沖散，殭屍也就變成了普通死屍。

殭屍依據怨氣的深重和陰氣的濃重不同，分成不同的種類。最普通的殭屍就是白毛殭屍。屍變時遍體生出白毛，雖然凶戾，但是力道有限，威脅並不是很大。而黑毛殭屍不但怨氣深重，陰氣森寒，而且力道巨大，若非陽光普照或者軀體碎爛，斷然不會停止殺戮。血殭和活屍由於形成的條件過於苛刻，千年難得一見，只知道這兩種殭屍更加凶戾異常。

現在，我面前的這具屍體已經遍體生出黑色細毛。原本，我也沒有必要和這個殭屍硬拼，大可以任由這個殭屍在墓道裏飄蕩。但是，現在我卻不能離開。

二子還躺在石棺裏，墓道裏還有泰岳等人，現在大家走散了，保不準他們也會碰到這具殭屍。如果我現在放過了這個殭屍，那麼接下來要遭殃的，必然就是我的同伴了。

不管這黑殭有多厲害，我也絕對不能退縮！我又何必非要等到它屍變之後再出手呢？我大可以在它屍變完成之前就採取措施！

我心裏猛然一亮，一把抽出陽魂尺。陽魂尺入手，立時一陣淒厲的嘶號聲響起，腦海中一片血雨腥風，陽尺中的陰魂怨氣對我造成了極大的反噬。

我猛地一口咬破了舌尖，劇烈的疼痛讓我的意識清醒起來，讓我扛過了最初那波陰魂怨氣的衝擊。意識清醒之後，我一俯身，陽魂尺插進了殭屍的心窩裏。

「叱——」陽尺入肉，立時激起了一陣白色霧氣，那情形和烙鐵淬火一樣。

黑毛殭屍因為陽尺的灼燒，猛然一陣劇烈的抽搐扭動，接著竟然霍地坐起身來，雙手握著青銅長劍，猛地向我掃劈過來。

我一彎腰躲過了它的掃劈，咬牙緊握住陽魂尺，順著它的胸口猛地向下拉去。

「呼哧——」黑殭從胸口到肚臍被我劃出了一條大口子。

「吼嗚——」殭屍又是一陣劇烈抽搐，發出了一聲怒吼，接著全身一扭，向石棺另外一邊滾了過去，脫離了我的陽魂尺。

我知道雖然陽魂尺重傷了殭屍，卻遠遠不足以消滅它，而且這墓穴之中陰氣充沛，只要容許殭屍喘息一時半刻，說不定它會再回巔峰狀態。我必須要乘勝追擊，一舉將它徹底消滅。

我對於陽魂尺的使用，最多不到二十分鐘，所以我更加不能浪費一點兒時間。我將柴刀掏了出來，飛身繞過石棺，再次向殭屍衝了過去。

這個時候，殭屍居然已經完成了屍變。它雙手緊握青銅長劍，頂著銅釜，緩緩地從地上站了起來。

我發現它居然如此高大，接近兩米，簡直像一座鐵塔。它全身裹在黑皂皂的厚布中，腹部破開了一條大口子，口子裏滴掛著腸子。

殭屍扭頭向我看了過來。它依靠對活人生氣的靈敏嗅覺，可以準確地判定我的位置。我連忙屏氣凝神，向後急退，但還是晚了一步。整個墓室之中圍繞著殭屍，猛然刮起了一片冰冷的陰風。

在陰風之中，殭屍從地上飛躍而起，以不可思議的速度，凌空向我衝了過來。一把清湛湛的長劍，瞬間指到了我的臉上。

「完了！」我沒有料到殭屍如此凶猛，一時間根本不知道如何應對，深恨自己太小看它了。

這個時候，我由於起跳的時候力道不足，速度已經慢了下來，身在空中，根本無法躲閃這一擊，只能眼睜睜等死。

「嘩啦啦——咯吱吱——噗通——」突然一陣鐵鏈綳緊、身體墜地的聲音傳來，當我再次睜眼看去時，心中感到萬分慶幸。

殭屍沒有傷到我，而且它還陷入了非常尷尬的狀況。原來，夜郎王為了保證殭屍能夠一直幫他固守墓穴，用一條黑鐵鏈子將它的一條腿扣在石棺上了。鐵鏈只有三四米長，只夠殭屍圍著石棺轉悠，沒法擴大攻擊範圍。正是那條鐵鏈救了我一命。

我不覺一陣得意，開始在外圍轉悠著，找尋消滅它的辦法。

此時，那殭屍雙手握劍，扭頭冷冷地盯著我，腦袋上套著銅釜一直跟著我轉，似乎也在盯著我。它似乎也知道那鐵鏈太短，控制了它的行動，所以很想掙脫，但是卻沒有足夠的力量掙脫，只能拖著一條腿，對著我低聲怒吼，情狀很是無奈。

「嘿嘿，你過來啊。」我的心情放鬆了下來。

就在我正得意時，突然「嗖——」的一聲，一柄森寒的長劍閃電一般向我的胸口插了過來！

森寒的長劍猛然襲來，我側身躲閃慢了，肩頭被長劍劃出了一道，皮肉都翻了出來，血液停了幾秒，方才流出。

長劍劃過我的肩頭之後繼續前進，最後直直地插進了堅硬的石壁之中，劍身沒入足有一尺長。我一聲悶哼，捂住肩頭，這才領教殭屍的確力大無比。

「唔吼——」身後傳來了一聲低沉吼叫，又是一陣鐵鏈嘩啦聲。

我連忙轉身看去，急得頭皮都炸開了。殭屍居然硬生生地把石棺上的蓋子抓舉了起來，作勢要向我砸來。

我本能地向後急速退去。殭屍突然把石棺蓋子丟到地上，接著扭頭彎腰向棺材裏看去。

「不好！」我不顧一切地向殭屍衝了過去。距離殭屍還有四五米遠，我已經飛躍而起，雙手握著厚背柴刀向殭屍身上劈去。

「叮——」一聲脆響，殭屍突然一扭頭，用腦袋頂著的銅釜撞到我的柴刀上，將柴刀硬生生地擋開了。

我整個人被震飛出去，虎口開裂出血，雙臂發麻。怎麼辦？我無力地半躺在地上，怔怔地望著殭屍。

二子現在就躺在石棺裏，殭屍只要一伸手，就可以直接把他的腦袋擰下來。我必須不停地吸引殭屍的注意力，讓它沒有時間去傷害二子。

我現在只能靠自己了。如果我放棄了，我們也就失敗了。想明白這些，我反而不怕了，我要做的就是放手一搏！我再次緊握柴刀，從地上跳了起來，再次向殭屍衝去。這一次，我看準了殭屍的肩頭剁了下去。

「吼——」察覺到我的攻擊，殭屍發出一聲呼吼，張開了雙臂，悍不畏死地向我衝了過來。

我連忙後退，到了它的活動範圍之外，趁著它被鐵鏈拖倒的一瞬間，一刀剁到了它的肩窩。

「咕嚓」一聲，柴刀將它的肩骨砍斷了。

「嗚嗚——吼——」殭屍低吼著，單手撐地彈跳起來，一轉身彎腰抓住了腿上的鐵鏈，用力一擰，鐵鏈居然被擰斷了。

我心裏一驚，慌亂起來。殭屍已經墜著一條胳膊，揮舞著鋼棍一般的另一隻手臂，向我衝過來了。

「來吧！」我已經無路可退了，乾脆立在原地，緊握柴刀，準備拼死一戰。

「去死吧！」我的柴刀迎著它的手臂劈砍過去。

沒想到，殭屍的手骨居然如此堅硬，再加上我的柴刀是側向砍出，刀刃沒有正對手骨，我非但沒能砍斷它的手骨，反而被它猛地反砸回來，整個人被掃飛出去，重重撞到石壁上，震得我五臟六腑一陣翻江倒海，吐出了一口鮮血，柴刀也脫手了。

我還沒有喘上一口氣，殭屍已經再次衝過來，森寒的屍氣傳到我的身上，我不由得一陣哆嗦。

我跳了起來，貼牆向側面跑，想躲開殭屍的追擊。情急之下，卻跑進了死角，出口完全被殭屍堵起來了。

我急得出了一身冷汗。這時，我猛然看到頭上的石壁插著那把青銅長劍，連忙一躍抓住劍柄，用力將長劍從石縫裏拔了出來，抬手就向殭屍劈砍過去。

這一次，由於長劍攻擊距離夠遠，殭屍沒有反應過來，一條手臂被我一劍剁斷了。這樣一來，它的雙臂都被廢了，它就算有再大的力氣，也對我沒有威脅了。

我心裏一陣興奮，長劍霍霍揮舞，拉開了架勢，對著殭屍就是一陣狂劈亂砍。

「哧啦——」

「呼啦——」

一陣亂劍之後，殭屍已然被我大卸八塊，變成了一堆乾枯紫黑的碎肉。

「呼——」我長吐了一口氣，對著那堆碎肉吐了一口唾沫，扔掉長劍，向敞開的石棺走去，想看一下二子的情況。

但是，我發現石棺裏竟然空空如也。我實在想不明白這是怎麼回事。在我和殭屍對戰的時候，二子根本就沒有從石棺裏出來啊！怎麼會突然憑空消失了呢？

我只好放棄了尋找，剛一轉身，突然見到有兩個黑影站在我的面前。

「嘿——」我驚得向後一躍。

「是我！」黑影出聲說話了，我定睛一看，原來是趙天棟和泰岳，他們看樣子也剛剛經歷過一場苦戰。

「你們發現什麼沒有？剛才你們幹什麼去了？」我問道。

「情況很複雜。」泰岳喘了一口氣，「剛才我們被一個黑影引進了一個墓室，遭遇了一具戴著銅釜的殭屍，我們費了很大的力氣才把殭屍消滅。」泰岳打開手電筒，四下看了看，點頭道：「看樣子，你這邊也是類似的情形。」

「完全一樣，而且，二子剛才爬到石棺裏去了，但是現在卻不見了。你們知道這是怎麼回事嗎？」我無奈地嘆了一口氣。

「二子怎麼會在這裏？對了，張三公和婁含呢？也失蹤了？」泰岳不覺有些焦急。

「他們應該還在陷坑邊上，我來的時候他們是昏迷的，現在就不太清楚了。我們還是趕緊回去看看。」我轉身向墓室外走去。

「等等！」一直沒有說話的趙天棟突然出聲叫住了我。

我回身一看，他正緊皺著眉頭，緊盯著那口石棺。

「你發現什麼異常了嗎？」我有些好奇地問。

「你剛才說張二山就是在這石棺裏憑空消失的嗎？」趙天棟問道。

「是的，但是也說不準。我和殭屍對戰期間，不是一直盯著石棺的。」

趙天棟疑惑地圍繞石棺轉了轉，緊皺眉頭看著地上那具被我砍碎的殭屍，沉吟道：「這殭屍原本是被拴在石棺上的。既然石棺需要一具凶戾的殭屍來守護，就說明它事關重大，設計墓穴的人不會白費力氣。」

我心裏一動，微微瞇眼向石棺看過去。我發現了蹊蹺。一股炊煙一般的黑氣，居然從石棺之中不斷地向外蔓延著。

這黑氣不同於普通的陰邪之氣，雖然也有陰力，卻不強烈，正因為如此，我才一直沒有覺察到。

「這石棺雖然有問題，卻找不出原因。」我無奈地說。

「我已經大概看出來了。」趙天棟抬手指了指四周的石壁，「你看石壁上的浮雕，有沒有什麼異常？」

我抬頭一看，這才發現，墓室四壁上的浮雕都對應八卦之中的一卦。墓室總共有八個浮雕，墓室正在八卦的正中央。而這個氣運凝聚、氣象萬千的中央天池，正好是設置玄異機關的極佳處所。

這種玄異陷阱，可以是機關實物，也可以是氣運風水，更有可能是一個迷魂氣場。因此，我們現在所見的一切，很有可能都不是真的！

「以八卦格局，攏四方之氣，便可氣象萬千，瞬息萬變。」趙天棟點頭道，「設計此墓穴之人是一位絕世高人，不然做不到迷亂入侵者的心神，使之產生幻覺，甚至連觸覺都改變了。」

「觸覺也改變了？」泰岳好奇道。

「是的，我相信，這石棺底部肯定不是一塊完整的石板，但是，現在我們卻看到是一塊完整石板，摸上去沒有任何縫隙。此處的風水氣場讓我們的所有感官都產生了錯覺。」趙天棟抬眼看了看我：「方曉兄弟，你覺得是不是這個道理？」

「不錯，我們現在的所有感覺應該都是假的。」我無奈地看了看地上的殭屍，

「說不定，連這殭屍都是假的。」

「那要怎麼破解？」泰岳問道，「是不是我們閉上眼睛就好了？」

「呵呵，哪兒有那麼簡單？」趙天棟看了看四周，「這種狀況下，不管是不是真實存在的東西，其實都已經和實物沒有區別了。想要打破這種境狀，唯一的辦法，就是占天池，為己用！」

「那要怎麼辦？」泰岳問道。

「你們先到墓室門口等我。我今天要好好露一手。」趙天棟取出了一塊黑色羅盤，放到石棺裏，然後掏出一疊紙符，均勻地黏到石棺內壁，捏著一張紙符開始念咒。

我和泰岳不敢干擾他，一起退到了墓室門口。

泰岳回身看了看沒有盡頭的墓道，有些擔憂地說：「你們先在這裏忙吧，我去找婁含他們。你們弄完之後，在這裏等我們。我帶他們儘快來和你們會合。」

「好，你去吧。」我轉身向墓室一看，心裏一怔，赫然發現此時墓室居然完全變了樣子。

墓室中間的大石棺竟然不見了，變成了一個黑洞洞的洞口。趙天棟站在洞口的邊上，被殭屍扔在地上的石棺蓋子還在地上。

我大概明白了，石棺蓋子其實並非是棺材蓋，而是洞口上的蓋子。再看那具被我砍碎的殭屍，我更加驚愕，那根本就不是殭屍，而是一個漆成黑色的木人！

「聚氣成棺，化木成屍，果然是高人，嘖嘖。」趙天棟讚嘆道。

「他會設計，你會破解，你也不賴啊。」我微微一笑。

「只是雕蟲小技而已。」趙天棟謙虛地說。

「是嗎？」我加重語氣道，「我想，對於千年悶香或者百萬金錢，你應該是完全不放在心上的，對嗎？」

「君子愛財，取之有道。我也愛錢，愛得很吶。」趙天棟笑道。

我冷冷一笑，沉聲道：「是嗎？不過，我想告訴你，我不愛錢，我愛的是自己的生命，是和我們一起走過來的隊友的生命。所以，你最好清楚一個事情，你要做什麼，我不管，這墓穴裏的東西也不是我家的。但是，如果你想犧牲隊友，那我勸你不要癡心妄想。我會第一時間讓你為此付出血的代價，你明白嗎？」

趙天棟一怔，這才明白我在和他說什麼，他微微咂嘴，直視我的眼睛道：

「這個你放心，我雖然不是什麼善男信女，但是，我要做的事情，對大家的性命絕對沒有任何威脅。而且，我可以給你透個底，我想找的東西，其實微不足道，而且唾手可得。原本，我可以獨立完成這個事情的，但是，現在我和你們在一起，就是為了幫助你們。你明白嗎？」

見到一個精心設計出來的風水氣運迷幻奇局，在轉瞬間就被趙天棟破解了，我這才明白，趙天棟絕非表面看來那麼簡單。我們這一行人中，趙天棟才算是真正的高人。這傢伙從一開始，就在刻意隱藏自己的實力，誤導大家對他的看法。一開始在青衣祠的時候，他表現出來的江湖術士的習氣，就是故意為之。他既然是高人，但還是和我們一起走，定然有不為人知的原因，不然他大可以早點展現他的實力，也不必這麼躲躲閃閃的了。

想明白了這一點，我立時就對趙天棟提高了警惕。在這個節骨眼上，不管我們能不能成功找到夜郎王的棺槨，我都不容許任何人竊取我們的勝利果實。

我不知道他說的話是真是假，但是，我不會因為幾句話就完全相信他。這一路上，我們遭遇的陰謀詭計太多了，這讓我成為驚弓之鳥，對任何事情都很敏感。

「我希望你說的話是真的。」我冷眼看著趙天棟，手微微按捏住陰魂尺：

「可能你的道行比我高強，但是，真正動起手來，我要殺你易如反掌。現在，已經到了最關鍵的時候，我希望你不要採取不正當的手段，否則的話，我絕不會手軟。」

「好吧，既然你如此誤解我，我也不給你解釋太多了。我只告訴你一點，這隊伍之中確實有一些騙子和野心家，但那絕對不是我。你可以不信任我，但是，我也不希望你因此就信任其他人。那樣的話，你會後悔一輩子。」趙天棟冷笑了一聲，岔開話題道：「現在洞口已經打開了，你不想進去看看嗎？」

「我想等他們都來了再說。」我腦海裏還在思索著他剛才說的那句話，不太明白他的意思。

「你說我們隊伍中確實存在騙子和野心家，是什麼意思？」我皺眉問道。

「我只是好心提醒你，你也不要問我，就算我說了，你也不會信。就靠你自己去查實了。」趙天棟微微一笑，「他們還要多久才能過來？」

「不知道，先等等吧，實在不行，再回去找。」我心裏有些擔憂，忍不住走到墓室門口，向墓道看去。

「方曉兄弟，我想問你個事情，趁著現在沒有人，我們打開天窗說亮話吧。」趙天棟皺眉問道，「你有沒有想過，我們要怎麼從這裏出去？」

我一愣，似乎被人窺視了心思一般，有些窘迫地深吸一口氣，抬眼看著他說：「車到山前必有路，船到橋頭自然直，我現在雖然沒有什麼辦法，但是，我相信，最後我們一定可以出去的。」

「方曉兄弟，我希望能夠打開天窗說亮話，你還是不信任我，想要欺瞞我。」

趙天棟有些生氣地說。

我心裏暗嘆，莫非他真的可以看穿我的心思？我禁不住試探性地問：

「你是什麼意思？難不成我想到了出去的辦法，又不告訴你？」

「差不多吧。」趙天棟點了點頭。

我皺眉問道：「你就這麼確信我想到了辦法？你有什麼證據？」

「哈哈哈哈——」趙天棟仰頭大笑，忽然一斂笑聲，定定地看著我說：「你真的不知道嗎？」

我更加疑惑，有些惱怒地問：「我怎麼會知道？你到底是什麼意思？」

趙天棟認真地說：「方曉兄弟，我並不會窺探別人的內心，但是，我會察言觀色。自從大夥兒被關進墓道之後，你就一直表現得非常鎮定。你是一個心機敏銳的人，不打無準備的仗，所以，你早就想好了怎麼出去了，對不對？」

「哈哈哈——」這次輪到我大笑了，「不錯，我確實有一點想法。沒想到被你看出來了。」

我半真半假地說，反問道：「那你有沒有想到什麼辦法啊？你不會告訴我，唯一的辦法就是什麼八卦生門和墓道出口重合吧？」

「呵呵，我又怎麼會認死理呢？」趙天棟微微嘆氣道，「看來我不先把我的想法說出來，你是不會對我開誠佈公了。我就說吧。」

趙天棟晃了晃手上的羅盤，「其實我的辦法和剛才破解八卦迷局差不多，就是佔據墓穴的天池眼位，從而操控墓穴的風水運轉，驅使生門與墓穴的出口重合，打通墓穴與外界的聯繫。怎麼樣，你覺得這個辦法可行嗎？你的辦法，現在可以說說嗎？」

我將信將疑地看了看他，說道：「我的方法沒這麼複雜。墓穴既然是按照五行八卦設計的，就可以按照易理去破解。我破解格局的辦法比較暴力，那就是，找到墓穴的八門所在，按照五行相剋的原理，伺機進行操作和開啟。」

趙天棟沉吟起來，良久之後說道：「我覺得，你的想法值得一試。」

「我也這麼想的，到時候，先按照你的想法破解，如果不行，我再想辦法。」雖然不是很信任趙天棟，但是能夠得到他的認可，我還是有些欣慰。

「好，那就一言為定。」趙天棟略略嘆了一口氣，「我總感覺，這墓穴的氣場有些怪異，不像單純的龍氣聚集之處，有一種讓人壓抑和窒息的煞氣。所以，我們還是加快進行才好，免得夜長夢多，再生不測。」

「情況怎樣了？」泰岳的聲音響起。我回頭一看，泰岳、張三公和婁含都已經來到墓室門口了。

見到他們三個都沒出什麼意外，我這才放下心，點頭道：「繼續前進吧。」

趙天棟抽出桃木劍，拿著手電筒，向石洞裏走去。那裏有一條臺階，一直向下通去。

走進洞口之後，我微微瞇眼，看到無數黑影在我們四周繚繞。這些黑影並不十分陰邪，但是數量很多，非常詭異。我心裏起了嘀咕，覺得臺階的盡頭不會是個好去處。

這時，走在前面的趙天棟已經一躍跳進了一個石室裏。

「嘿，這是——」趙天棟顫抖著聲音說道。

我心裏一驚，連忙抬腳跟上，用手電筒一照，也驚得瞠目結舌。此時，我所看到的，簡直就是一處活生生的地獄景象！

我不知道石室到底有多大，但是石室的頂壁很高，而石室的地面上，從我們腳下開始，一直延伸到遠處的黑暗之中，是一片累累的白骨。

這些白骨，有的極為完整、有的肢體不全、有的是壯年、有的是孩童，姿勢不同，一個壓著一個，在地上平攤開來，絕對不下數千具。

頂上那個墓室中的八卦迷局已經被趙天棟破解了，所以，我們現在見到的一切，都是真實存在的，也就是說，面前這些累累白骨，曾經都是鮮活的生命。這就是一個萬人坑，是殘忍到極點的殉葬室。

我終於明白為什麼會看到那麼多黑影了。那些黑影，想必就是這些累累白骨遺留下來的微弱怨氣。從白骨上的骨骼斷裂、腦殼破裂情況來看，這些白骨並非是甘心情願來殉葬的，他們都是被人殺死，然後才被放進殉葬坑裏的。

「他們居然如此殘忍。」婁含感嘆了一句。

「何止是殘忍啊，簡直就是凶殘——」婁含的話音剛落，一個尖細陰冷的聲音突然從白骨堆裏傳了出來。

我們驚得差點大叫出來。陰邪詭異的笑聲傳來，如同毒蛇爬過人的皮膚一般。婁含下意識地一把抓住了我的衣袖，縮到我的身後。

「什麼情況？」泰岳沉聲問道。

我看大家都是滿臉疑惑，顯然都不太明白狀況。我連忙說道：「是二子。」

大家這才恍悟，不覺對望一眼，抬腳踏到累累白骨上，向聲音傳來的地方追了過去。泰岳一馬當先，很快就照到了二子的身影。

「二子！」我大喊一聲。

只見一直背對著我們的二子突然扭頭向我們看來，對我們露出一個詭異的笑容，接著又轉身向石室的深處跑去。

「快，趕緊追上他，他中邪了！」我加快腳步，幾個跳躍，已經到了隊伍最前方。

「劈里啪啦——」眾人奔跑的腳步聲和踩斷骨骼的聲音顯得雜亂又焦躁。

我一邊悶頭向前跑，一邊掏出了打鬼棒，另一隻手中拿著高射燈，緊緊罩住二子的身影，不讓他消失在我的視線之中。

我的耳邊呼呼風聲，腳不沾地地狂奔了一段距離，總算追上了二子。讓我感到奇怪的是，當我追上二子時，發現他一動不動地站在石室中間一個白骨累累的淺坑之中。

「二子！」我小心翼翼地向他走過去，就在打鬼棒馬上要點到他的後背上時，二子突然轉過身來。

我一看他的模樣，驚得忍不住大叫一聲。二子滿臉一片血紅！

我還以為他受傷了，但是細看之後，才發現那些鮮血不是從傷口裏流出來的，而是從毛孔裏一點點滲出來的。

「哇哈哈哈——」二子齜牙咧嘴地尖聲大笑著。

我心裏充滿了詭異的感覺，既迷惑又驚愕，覺得二子的這個狀況似曾相識。我舉著打鬼棒，劈頭蓋臉地向他身上砸過去。

「啪啪啪——」沒想到，被我一頓打砸的時候，二子居然一直張開雙手站著，一動不動，完全沒有躲避的意思。

「怎麼樣？」身後響起一陣雜亂的腳步聲，泰岳四人都奔到了我的身後，也看清了二子的情況，都倒抽一口涼氣，面面相覷。

趙天棟立定之後，掐指一算，突然臉色大變，大叫道：「不好，太陰之地，直通幽冥，此地大大不祥，快撤！」

「哈哈哈哈——」二子突然發出一陣尖細陰厲的笑聲，猛地一彎腰，向我身後的婁含撲了過去。

大家沒料到二子居然會捨棄我而撲向婁含，都沒能反應過來，婁含更是驚魂未定，就一把被二子死死抱住，蹲到屍骨堆中。

第六十八章

月王神殿

幽深的墓穴地宮中，是一片璀璨燦爛、令人眼花繚亂的壯觀場面！
寬闊的墓室有兩個籃球場那麼大，堆放的珍寶像小山一樣，
在光線下折射出星河一般璀璨的光芒，恍如夢境！

「快，把他抓住！」大家一起奔向二子和妻。

這時，莫名地起了一陣龍捲陰風，刮起了漫天骨塵，將我們包裹了起來。

「咳咳——」

「哎呀——」

「我的眼睛——」

「啊——」

「呼呼呼——」

陰風乍起的瞬間，我本能地閉上了眼睛。等到我再睜開眼睛的時候，赫然發現我已經被濃重的黑氣完全包裹了起來。

黑氣隨著勁風翻騰飛舞，如同水中的黑墨瀰漫，手電筒的光亮都只能照出不到一米。我聽到了大家嘈雜的聲音，知道他們的狀況也不妙。

我向距離我最近的一個聲音趕去，發現趙天棟全身抽搐著躺在地上。他的全身遍佈濃重的血泡，那情形竟然和姥爺每逢月圓時血咒爆發的情形一模一樣。

「快，快，走——」趙天棟還有一點意識，他瞠目結舌地望著我，接著頭一歪，昏迷了過去。而他身上的血泡卻更加瘋狂地暴漲起來，使得他如同一隻巨大臃腫的牛舌馬蜂窩一般，血腥、恐怖！

我如同遭到電擊一般，一時間不知道該怎麼辦。

「方曉，快過來！」前方傳來了泰岳的呼喝聲。

我回過神來，連忙屈膝一躍，從趙天棟身上飛跳過去，發現泰岳正死死地抓著二子的兩條手臂，從後面抱著他。

二子和趙天棟的狀況一樣，有很多血泡甚至蔓延到了泰岳身上。而泰岳的身上並沒有爆發血泡。

我一陣慶幸，抽出了陽魂尺，向二子的眉心點去。

這是我今天第三次使用陽魂尺了，我對冤魂反噬已經越來越無法抵抗了。

被陽魂尺點中後，二子全身一陣哆嗦，他身上的血泡亂飛起來，接著全身一軟，從泰岳懷裏滑了下去，也變成了一個血人。

泰岳焦急地看了我一眼，急聲道：「得趕緊離開這裏，再晚一會兒，他們就要沒命了。」

「你趕緊帶二子往前走，我去搬趙天棟，婁含和張三公沒事吧？」我問道。

「婁含就在你側面，你自己看！」泰岳一把將二子背到背上，抬腳就向我側面走去。

我走過去一看，婁含也是全身佈滿血泡，倒在地上。

「別發愣了，他們兩個我拖出去，你去看看老道和老頭子，別耽誤時間了！」泰岳又催促道。

我連忙轉身去找趙天棟和張三公，剛轉身，就見到瀰漫的黑氣之中，張三公正費力地拽著趙天棟往外走，他沒有爆發血泡。我連忙上去幫忙。

自從第一次親眼見到姥爺的崩血狀況，已經過去七八年了。我本以為，這世間只有姥爺才會出現狀況，還有可能出現這種狀況的人，就是我自己了。

現在，就在我的面前，出現了三個人崩血，我感到極度震驚。抬著趙天棟逃離龍捲陰風的包圍時，我心裏一直在思考這個問題。

這讓我開始聯想到我此行的目的。我來這裏，是為了尋找千年悶香，幫姥爺祛除崩血詛咒的。現在，我開始相信，千年悶香真的有效果。

凡毒者，十步之內，必有解藥。按照這個說法，如果龍捲陰風黑氣是「毒」的話，千年悶香自然就是它的解藥了。而這個解藥的效果，正是祛除崩血之症！

我有些興奮，暗暗感到慶幸來對了地方，對千年悶香充滿了期待，想立刻就拿到它。

「快點，到這邊來！」泰岳的聲音又在提醒我。

我和張三公加快腳步趕去，很快衝出了陰風黑氣，來到石室的後壁。

我回頭向後一照，發現剛才所站的那個淺坑，有一股黑氣氤氳盤旋的龍捲煙柱。煙柱粗大陰厲，依舊不停襲來。

「老道怎麼樣了？」泰岳問道。

我低頭一看趙天楝，發現他身上的崩血停止了，又去看妻含和二子，他們也都恢復了正常。不知道為什麼龍捲陰風會讓他們崩血，更奇怪的是，為什麼我和泰岳、張三公卻沒事？

「石室底部好像還有通道，我先去探探路，你們在這兒等我。」泰岳說道。

我和張三公只好囑咐他多加小心，接著繼續為二子他們做推拿。

「都是重度昏迷，嘖嘖，這太陰鬼塚的輻射力真是不小啊。」張三公感嘆道。

我一愣，疑惑地問道：「什麼輻射力？」

「啊？」張三公眨眨老眼，「我說的是黑氣的毒性，我看得好一會兒他們才能醒過來了。」

「他們這不是中毒。」我說道。

「那是什麼？」

「是詛咒。」我無力地嘆了一口氣，「不知道他們會不會終身都無法擺脫這個詛咒。要是那樣的話，他們就慘了。」

「噢，怪不得我沒在他們身上發現中毒的跡象，我還以為是什麼奇毒呢。既然是這樣，我們就不用白費力氣了，慢慢等著他們醒吧。他們的精神系統受到嚴重攪亂，現在非常疲憊，需要很長時間才能恢復。我們正好可以利用這段時間休息一下。」

「好。」我走到石壁前坐下，閉目養神，思緒卻是翻江倒海。我在想，他和泰岳似乎都有些問題。為什麼他們沒有出現崩血？為什麼他們對二子他們的狀況絲毫都不感到驚奇？我心裏一凜，已經對他們多了一些警惕和防備。

鬼很恐怖，但是，再凶戾的鬼，也抵不過人心的歹毒，再恐怖的鬼，也學不會人的虛偽。我無法透視別人的心理，所以，我無法完全確定，我所面對的人是敵是友。

趙天棟已然默認了他可疑的身分，而婁含更讓人捉摸不透。泰岳和張三公，一個老謀深算，一個凝重沉穩，都讓我有些看不透。我現在唯一可以信任的，只有二子了。

我深吸了一口氣，微微睜眼看了看張三公，不覺捏住了陰魂尺，暗暗決定，只要他們表現出任何反常，我都會毫不手軟地將他們放倒。一路走到現在，我已然成為驚弓之鳥，是他們先欺騙了我，就不能怪我心狠手辣了。

沒有等多久，二子他們陸續醒了過來。張三公給他們檢查了一下，發現沒有什麼大礙。

前去探路的泰岳也趕回來了，他神情有些凝重地說：

「這條墓道過去大約一百多米遠，是一個很大的洞穴，還長著一些樹木。墓道與洞穴之間有一扇石門，門上有機關，我隨手一掰，門就開了。我不敢深入，就先折回來了。」

我們面面相覷。是什麼樹木，居然可以在這種暗無天日的環境裏生長呢？

「你有沒有看清那些樹木是什麼樣子？」趙天棟有些興奮地問道。

泰岳回憶道：「那些樹都是紫褐色的，不是很高，枝條垂下來，和垂柳的樣子很像。樹葉比松針大，比槐樹葉子小，似乎還帶著刺。我試著過去觸摸了一下那些樹木，冷冰冰的，沒有什麼異常反應。我擔心的是洞穴裏面有活物。」

我說道：「活物不一定有，陰物倒是肯定會有。大家進入樹林之後，一定不要點火，更不要去折枝條。」

「怎麼了，那些樹有問題？」剛醒過來的二子心有餘悸道。

「不錯，如果我沒有猜錯的話，那些樹應該叫做鬼楊柳，是一種詭異的半植物半動物的生命體。它們生長在極陰之地，非常罕見。它們是食人樹，大多數時候是用根莖吸收地裏的營養存活。但是，如果遇到活物，它們也會吃掉那些活物。它們有簡單的神經系統，有可以毒死一頭鯨魚的毒素。所以，不要去惹它們。」

「那萬一要是惹到了怎麼辦？」二子問道。

「大家放心，這種東西雖然恐怖，卻不是非常危險，只要不折斷枝條或者用明火灼燒，它們是不會被驚醒的。」

「那我們繼續前進吧。我覺得，從這個洞穴過去，差不多就能找到夜郎王的陰殿了。我們已經走了這麼久，都快到崑崙山腳下了。這墓實在大得有些邪門。」泰岳說道。

「到了，前面就是那個洞穴了。」泰岳率先走了進去。

我緊跟在他身後，抬起手電筒一照，只見洞穴裏長滿了紫褐色鬼楊柳。這些鬼楊柳有大有小，大的有二三十米高，小的也有小腿粗、一人多高，每一棵樹上都垂下上百條長滿尖細針葉的枝條，有的枝條一直鑽進了泥土中。

這些樹木雖然高大，卻並不密集，都有一兩米的間隔，正好方便我們通行。

「怎麼樣？」泰岳問道。

「沒什麼問題，放心前進吧。」我說道。

「吱吱吱吱——」我的話音剛落，樹林之中突然傳出了一陣尖細叫聲。

我驚得一把扯住了想要向前走的二子，大叫道：「快，都向後撤，撤回墓道裏去，再晚就來不及了！」

手電筒的光線照耀下，只見一蓬紫褐色的鬼楊柳之中猛然湧出了鋪天蓋地的黑色，那是成千上萬隻個頭巨大、毛光晶亮、尖牙霍霍的老鼠。

尖牙鬼鼠！

我從來到鬼楊柳林的邊上，就已經覺察到了異樣。鬼楊柳叢林生長在幽深黑暗的地下，岩石堅硬，土層極薄，養料缺乏。這些鬼楊柳想要存活數百年，根本就是不可能的。洞穴之中肯定存在可以為它們提供養料的東西。現在看來，提供養料的正是那一大群凶戾恐怖的尖牙鬼鼠。

我們急速後撤時，尖牙鬼鼠正在集合力量，圍攻一棵很大的鬼楊柳。牠們用尖利的獠牙，拼命啃咬著樹體，而鬼楊柳抽搐著佈滿針刺的枝條，將一隻隻尖牙鬼鼠扎死在地上。

我不得不佩服設計這個墓穴的奇人，刻意安排相生相剋的兩種生物共同存活在這裏。鬼楊柳鮮嫩的枝條可以給尖牙鬼鼠提供食物，尖牙鬼鼠被鬼楊柳殺死之後，又成為它們的養料。只要這個平衡不被打破，洞穴中就會一直存在這兩種恐怖凶戾的護陵生物。

我們躲在石洞裏，緊張地看著尖牙鬼鼠和鬼楊柳互相廝殺。

「這是尖牙鬼鼠，一種凶戾的鎮墓生物。」我說完，拉了泰岳一下：「這石門能不能關上？現在尖牙鬼鼠還沒有發現我們，一旦牠們發現了我們，可能就不會去啃那些危險的樹木，而是轉向攻擊我們了。牠們一旦衝上來，我們就算是鐵人，也要被啃碎了。」

「這石門的機關很怪異，打開之後就關不上了。」泰岳有些心悸，「不如我們繼續向後撤退吧。」

「這裏是通往夜郎墓的必經之路，也是尖牙鬼鼠的老窩，我們沒法躲過牠們，必有一戰，不如一舉突破。」我說道。

「那我們還躲什麼？幹嗎不衝出去打那些鬼東西？」二子說道。

「別著急，等到牠們的力量都消耗得差不多的時候，我們再衝出去，可以坐收漁利，我們還可以做一些準備。」我掏出了陰魂尺，「你們都準備好武器，到時候都跟在我身邊，千萬不要分開，不然的話，我也救不了你們。」

「放心吧，只要你能罩得住，我們絕對跟得上。」二子朗聲說道，掏出了兩把柴刀拎在手上。

我發現有幾隻嗅覺靈敏的尖牙鬼鼠已經循著氣息向我們的洞口奔來，大吼道：

「衝！」

我緊咬牙關，肌肉繃緊，勉強爆發出稀薄的陰尺氣場，護住了大家，領著他們向尖牙鬼鼠群直衝過去。

「唧唧——」

「吱吱——」

尖牙鬼鼠發現了我們這群血肉鮮活之人，都凶猛地向著我們衝來。

我手中的陰魂尺接連掃出，將幾十隻先衝上來的鬼鼠震飛出去，但是很快再次被包圍了。那些鬼鼠害怕我的陰尺氣場，在距離我們兩米遠的距離就停了下來，不敢前進了。二子等人都緊緊地圍在我的身邊。

這些鬼鼠個頭足有家貓大小，眼神凶戾，發出咯吱咯吱的磨牙聲。看到牠們的驚悚感覺，比森寒的刀鋒架在脖子上或毒蛇纏身的感覺好不了多少。

婁含的身體最弱，再加上舊傷未癒，此時經受強烈的刺激，已經支撐不住了，一聲悶哼，就要軟倒下去了。

我眼疾手快地將她扶住了，把她推到泰岳懷裏，說道：「你背上她。」

泰岳二話不說，將婁含的胳膊一拽，背到了背上。

剛走了幾步，泰岳忽然有些訝異地吸了一口氣，扭頭看了看背上的婁含，又有些疑惑地看了看我，眼神中帶著詢問之意。

我沒有說話，對他點了點頭，示意他不用擔心。泰岳這才放下心來，跟上了我。

我強打精神為大家做防護氣場，沿著叢林夾道一點點地向前移動。但是，陰尺氣場的威力在漸漸變弱，保護的範圍也在一點點縮小。

「小心！」後面傳來一聲斷喝，我回頭一看，只見幾隻尖牙鬼鼠正在向背著婁含的泰岳撲去。

我無法顧及支撐陰尺氣場，回身一尺將鬼鼠掃開，大吼一聲：

「快，向前衝，點火燒樹！都跟緊我！」

我一馬當先向前猛衝。二子等人也不停揮動柴刀，將鬼鼠砍飛出去。最吃力的要數泰岳了。他無法跟上我們，沒過多久，他落在了後面，被一群鬼鼠圍攻。

「嘿！呀！」泰岳一手托著婁含，一手拼命揮動匕首。無奈鬼鼠的數量太多，他一隻手無法應付過來，腿上已經被咬了好幾口。

婁含在他的背上也被咬了好幾口，疼得她渾身哆嗦起來，卻也更加用力地摟緊了泰岳的脖子，往他的身上躥。泰岳被她勒得臉都憋紅了。

「方曉！」泰岳大喊一聲。

我連忙折轉身向他奔過去，揮舞陰魂尺將鬼鼠逼退，一把將他背上的婁含抓了下來，拖著她的手臂向前飛奔。

雖然婁含很虛弱，可是在我強拖硬拽之下，也只好本能地甩動兩腿奔跑了。泰岳放開了手腳，對鬼鼠們展開瘋狂的屠戮，瞬間在鬼鼠群中衝開了一條路。

「都跟上方曉，我來墊後！」泰岳吼道。

二子等人撇開圍攻他們的鬼鼠，忍著被噬咬的疼痛，拼命地向我身後追來。見到大家都已經跟上我了，泰岳才飛腳踢開幾隻鬼鼠，跳躍著向我追來。

我們在沿著叢林夾道又跑了一段，點了好幾個火把丟到鬼楊柳中。但是，鬼楊柳的枝條鮮嫩多汁，無法點燃，只驚醒了幾棵鬼楊柳，它們對那些尖牙鬼鼠形不成有效的進攻。因此，圍在我們周圍的尖牙鬼鼠幾乎沒有減少。

尖牙鬼鼠並非真正的鼠類，牠們四肢健壯，極善攀爬跑動，我們的速度沒法超過牠們，如果我們找不到藏身之處，就會一直處於牠們的包圍之中。

我心頭一陣焦灼，知道不能再繼續拖下去，不然等到我們體力不濟的時候，就只有死路一條，會被啃得骨頭都不剩。

「快，一定要衝出這片樹林，找到藏身之處！道長，你看一下方位！」我對趙天棟喊道。

「這個樹林也是八卦佈陣，出口應該在西南向，也就是我們的左前方！」趙天棟氣喘吁吁地說。

「好！」我來不及思索，向著趙天棟所說的方向沒命地飛奔。

隊伍中依舊不時有人被咬，好在我們的速度沒有因此慢下來。

我們已經來到了鬼楊柳叢林的盡頭，前方出現了一堵看不到頂的黑色峭壁！

「到了！」我一陣興奮地跑過去，果然在峭壁底下發現了一個隱蔽的石門。

石門並不是依照陰陽氣場設置的，開啟的方法很簡單。我們沒有花幾分鐘就找到了機關，將石門打開了。我們一擁而進，泰岳在最後負責關門。

但是，這扇石門也和先前那個石門一樣，只能開，不能關。我們心裏又是一陣擔憂。

「火！」泰岳出奇地冷靜。

火把在手，泰岳將尖牙鬼鼠驅逐開去，他又撕下布條，找了一些散落的樹枝堆在洞口，撒上了煤油，點燃起來。

火堆封住了石洞口，擋住了那群尖牙鬼鼠。我們這才鬆了一口氣，大家疲憊地喘息著，一屁股坐到地上，婁含更是痛苦地掙脫了我的手臂，走到角落翻著衣服，查看身上的傷勢。

「暫時能擋住，但是也堅持不了多久，這樣下去不是辦法，最好能夠把這個洞口堵住。」泰岳說道。

「我們向前走一走，找找看有沒有可以封住洞口的東西。」趙天棟提議道。

石洞大約有兩米寬，三米高，四壁是光滑的青石，上面都有浮雕。有些地方有石磚砌築的痕跡，是人工開鑿的石洞，很考究細緻，青石在燈光照耀下，泛著微微藍光。

我莫名地感到這裏的氣氛有些詭異，不禁和趙天棟對望了一眼，問道：「道長，你怎麼看？」

「有些門道。」趙天棟咂咂嘴，「應該快要到達正主所在了，但是危險也增加了。我們要更加小心才行。」

「喂，你們先別研究了，趕緊想辦法堵住洞口吧。你們看看我的腿，都沒一塊好皮了，我都不知道出去之後會不會得鼠疫啊！」二子很激動。

我沉聲道：「現在不是抱怨的時候，大家是拴在一條繩上的螞蚱，只有同心協力才能走出去。」我掃視了一下眾人，「從現在開始，我們每前進一步都必須萬分小心。我要強調一點，在任何情況下，我們的隊伍絕對不能分散！哪怕是死，大家也要死在一起！要是有人只顧自己逃跑，不顧隊友的死活，我會毫不猶豫地收拾他。誰敢觸犯，誰就是我方曉的死敵！」

我發現大家表情各異，心裏有些發虛，但是無論如何，我都必須立威。

「都跟上我！」我喊了一句，加快速度向前奔去。

大家也跟著我跑動起來。婁含還是跟不上，泰岳拖著她，才勉強跟了上來。我們終於來到了墓道的盡頭。

墓道的盡頭又是一扇石門，是有抵門石的兩扇石門。石門上刻著雲彩圖案，一左一右，日月生輝，中間橫臥著一個女人。女人的上半身斜臥在右邊門上，下半身隱藏在雲彩中。

我先去查看石門中間有沒有可以插進尺的縫隙，但是，兩扇石門嚴絲合縫，簡直是滴水難進。我心裏一陣犯難，不知道該怎麼辦。

泰岳走上來說：「讓我來吧。」

我點了點頭，後退一步。泰岳從背包裏抽出了一個鋼片，輕易地插進了石門的縫隙之中。

我不禁自愧不如。這是專門用來挑門栓的超薄鋼片，是專業的開門工具，他早有準備，而不像我這樣總是隨機應變。

泰岳輕易地撬動了石門後面的抵門石，將石門稍稍推開了一些。我湊上去把陰魂尺也插進縫隙，順利地將抵門石完全挑開了。

厚重的石門緩緩推向兩邊，門後的空間似乎非常廣闊，一時看不清裏面有些什麼東西。

我和泰岳一起抬起手電筒照過去，卻突然聽到來時的墓道中傳來一陣窸窸窣窣的聲響。

我和泰岳同時一震，一轉身喊道：「快，都進來，鬼鼠追過來了！」

大家都衝進來後，我和泰岳合力把石門關上，又抬起抵門石將石門重新頂了起來。我們這才鬆了一口氣，向石室裏看去，赫然發現一座五六米高的巨大雕像居高臨下地俯視著我們。

雕像是一位苗人少女的形象，她的身上左右交纏了兩條粗大的蟒蛇。蟒蛇的頭一左一右貼著少女的臉，少女的身姿也如蛇一般扭著。

我的第一個感覺就是，這雕像並非是鎮墓石雕。

趙天棟說道：「雙龍戲鳳，寓意深遠，看來墓穴裏還有很多玄異狀況。大家要小心。」

我心裏一凜，忽然想到，古時候很多蠻荒部落，都是母系氏族部落。我有了一個極為大膽的猜測，這個「夜郎王」，說不定是一個女王！

我發現石室裏空蕩蕩的，問趙天棟道：「道長，墓主為女，本身已是一陰，這會不會有什麼影響？」

「這我也說不準，但是這墓主的寢殿，就算不是九陰通幽冥之地，也差不了多少了。我們走一步看一步吧，只能看天意了。」趙天棟無奈地嘆了一口氣。

二子疑惑道：「你們說什麼？墓主人是女的？不是吧？」

我招手道：「大家都跟上吧，目的地不遠了。我們很快就可以成功了。」

走進通道之後，我發現通道兩邊也有許多詭異的浮雕。浮雕有人、有鬼、有走獸、有飛鳥，下方則是海浪和祥雲圖案。讓我沒有想到的是，我們非常順利地穿過了通道，沒有碰到任何機關，連一個小坎都沒有。我們又進入了一個石室之中。

我們忽然眼前一亮。歷盡千辛萬苦，我們終於見到了夜郎王陰殿！

幽深的墓穴地宮中，呈現在我們面前的，是一片璀璨燦爛、珠光寶氣、令人眼花繚亂的壯觀場面！

寬闊宏大的墓室足足有兩個籃球場那麼大，上面堆放的珍寶像小山一樣。玉片、玉珠、玉玦、玉碗、玉枕、玉人、玉雕，還有巨大的尚未雕琢、泛著晶瑩光澤的璞玉。五顏六色的珊瑚、瑪瑙、水晶器具，在手電筒光線下折射出星河一般璀璨的光芒，恍如夢境！

這裏還有很多陶器和青銅器，放在墓室兩側。當然，金子和銀子是絕對不會少的。我們面前有一口半人高的大黑漆箱子，裏面滿滿地堆著金錠和銀錠。

可以想像，當我們第一眼看到堆積如山的珍寶時，是怎樣欣喜若狂的心情。我相信，當時大家心裏只想著一件事，那就是，這麼多的寶貝，怎麼拿出去？

有誰會不心動？大家都愣住了，呼吸變得艱難急促起來。

「我，我，我，我的天啊——」良久之後，二子第一個大叫出來，他原地飛跳起來，開始和我們瘋狂地擁抱。

「哈哈哈哈啊——」

「哈哈哈啊——發財啦，發財啦，我們發財啦——」

二子興奮地大叫著，向那堆財寶撲去，在財寶堆上暢快地喘息起來。

其他人也都來到財寶堆前，欣賞起珍寶來，不時把個頭小的、造型精巧的寶貝塞進背包裏。

我一邊彎腰挑選，一邊偷偷瞥眼向他們看去，不覺心頭的疑雲更重。泰岳、張三公、趙天棟和婁含，臉上竟然是一副極為淡定的神情。而且，他們在撿拾財寶的時候，一直向財寶山後望去，似乎在尋找什麼更加重要的東西。

不錯，他們是在找東西，在找他們真正想要找的東西。

「喂，我說，哥幾個，你們怎麼一點也不興奮呢？這麼多寶貝，難道你們還不知足？」二子也察覺到了他們的異樣。

趙天棟瞇眼說道：「隊長，你覺得我們有興奮的理由嗎？」

「怎麼沒有？這些可都是寶貝啊！」

「寶貝再多有什麼用？要是沒命消受，還不是跟石頭一樣。現在我們連出去都成問題，要這些寶貝有什麼用？」泰岳無精打采地說。

「嘖嘖，你們不開心就不開心吧，反正我是很開心的，我可得多揀點。」二子繼續撿拾財寶去了。

趙天棟問我道：「方曉，我們還是繼續前進吧，這些財寶，回頭再來拿吧。」

我點了點頭。於是，大家踩著珍寶山，向墓室後面走過去。

我們走到財寶山上，用手電筒向下照去，再次一驚！

那是一處半敞開的墓室。墓室頂上是用夜明珠、巨大的銀盤、紅玉鑲嵌而成的星空，四壁是紅綠相間的珊瑚、瑪瑙、羊脂玉造的高山和森林，墓室面朝財寶山的一側，則蜿蜒流淌著數條銀白色的河流。

漫天繁星，高山聳峙，森林蔥翠，流水潺潺，這一幅圖畫的中央，赫然放著一口半人高的玉槨靈柩。靈柩的外槨，似乎是一整塊質地極好的羊脂白玉，表面沒有任何雕琢，熠熠生輝如同一條大白魚。

「是這裏了！這應該就是夜郎王的靈柩。你們看，前面有一塊玉石碑，上面有字，肯定和夜郎王有關。」婁含興奮地就想跑過去。

「等等！」我一把將她抓住。

「怎麼了？」婁含疑惑地問道。

「你知道那邊是什麼情況嗎？就這樣跑過去，也不怕出事？」我皺眉問道。

「會出什麼事情？那邊和這邊不是一樣的嗎？」婁含不解道。

我拿起手電筒，照了照那銀色的河流，說道：

「你知道那是什麼嗎？那些不是水，而是水銀。這東西揮發出來的氣體是有劇毒的，特別是在封閉的墓室之中。經過長年的積累，那邊的水銀含量可以致命，就算不是瞬間斃命，也會讓人昏迷。」

「哼，你以為我不懂？」婁含不屑地甩開我的手，「你說得雖然很對，但是，你有沒有想過，如果那些真的是水銀的話，應該早就瀰漫到這邊了，我們也早就中毒了？」

道。

「哎呀，對啊。」其他人贊同道。

「不管怎麼樣，棺槨所在的墓室裏肯定有貓膩，你們還是小心點為好。」我說了一點微弱的反射。

我還在苦思冥想，突然眼角一晃，感覺手電筒的燈光在照到墓室中時，似乎有了一點微弱的反射。

反射！我明白了！那個停放著靈柩的墓室，和我們所處的空間是被隔開的，空氣無法流通。而隔開兩間石室的，是一堵透明的牆！

我再次用手電筒掃了掃，才說道：「我們現在的確是安全的，那些水銀確實過不來。因為，那裏有一堵玻璃牆。」

「這也太誇張了吧？那個時候能造出玻璃牆？」二子不敢置信地撇撇嘴，抬腳就向前走去，嘟囔道：「我們上去看看吧。」

我們來到墓室外面走近一看，不覺滿心驚愕和感嘆。

二子拍手道：「這麼大一堵玻璃牆，肯定不是古代人幹的事情。我看啊，在我們進來之前，這個古墓應該已經被人進來過了。真沒勁。」

趙天棟伸手摸了摸玻璃牆，淡淡地說：「這不是玻璃，是水晶。這是真正的古董。」

「水晶？有這麼大的一塊水晶？」大家都驚呼出來，嘖嘖稱奇。

「這夜郎王也太富有了吧？」二子摸著水晶牆嘆道。

「哼，人家怎麼說也是一國之君，舉全國之力造個墓葬，還算個事情嗎？」趙天棟彎腰四下摸了摸，訝異道：「你們快過來看看。」

第六十九章

鬼影幢幢

眼角突然一動，右邊縫隙中，有個白乎乎的東西飄動一下。
手電筒一照，頓時驚得一聲悶哼，全身暴起一層雞皮疙瘩。
只見縫隙之中，居然有一雙眼睛正在看著我！

我們一起過去，和他一起看著水晶牆旁立著的一塊一人來高的玉碑，只見玉碑上刻著古苗語、梵語、古漢語三種文字。

我上前仔細辨認，只認得其中的漢字，是一句話，大概意思是：進入墓室的人，可以盡得外室珍寶，只要不損壞主墓室，不破壞靈柩和死者遺體，可保無咎；而膽敢打開靈柩、侮辱褻瀆遺體的人，必將遭受永世詛咒！

我皺起了眉頭，問泰岳道：「你看古苗語是不是這個意思？」

「差不多。之所以用三種文字來寫同一句話，就是為了讓盡可能多的人能夠看懂。」泰岳說道。

「不是吧？居然還有詛咒？」二子疑惑道。

這位曾經叱吒風雲的君主，搜羅了無數珍奇異寶，下了極為陰狠的詛咒，唯一目的，就是防止自己的遺體遭到破壞。

但是，我來到這裏的目的，並不是為了財寶，正是為了得到她的遺體，那個千年悶香。我要為姥爺治病，就算其他人被財寶打動，被詛咒嚇倒，不願意再冒險了，我還是會繼續前進的，直到得到我需要的東西為止。

「我們必須繼續前進。」我緊捏陰魂尺，堅定地說。

「為什麼？」二子下意識地說，「有這麼多財寶，夠我們吃幾輩子的了。」

我無奈地笑了一下，說道：「因為，我們沒有退路了。只有前進，才能出去。不信，你問一下趙道長。」

「為什麼非得前進才有出路？」二子疑惑地看著我和趙天棟。

趙天棟苦笑道：「我們想找到出口，就要操控整個地宮的氣運走向，因此必須佔據中宮天池。而這天池所在，就是那個靈柩。我們只有到那裏，才能找到控制墓穴氣運的機關。」

泰岳皺眉道：「我看不如大家舉手表決一下，少數服從多數。一旦決定，就不能更改，大家要勁往一處使。」

泰岳先把手舉了起來。緊接著，趙天棟、婁含、張三公和我也把手舉了起來。二子訕笑了一下，這場爭論就結束了。

但是，我的心裏還在懷疑，特別是張三公，他說他是為了錢來這裏的，但是，他面對珍寶所表現出來的淡定，讓我難以理解。

「我們怎麼進去？沒有防毒面具，進去不是找死嗎？」二子無奈地看著我。

我皺眉沉思了一下，和泰岳對望了一下，才對他們說道：

「也不是所有人都必須進入主墓室的，只進去一兩個人也是可以的。我和泰岳大哥一起進去，應該沒有什麼問題。」

「對啊，我怎麼忘了呢。嘿嘿，這下好辦了，那就你們兩個進去吧，我們在外面等你們的好消息。」二子興奮地上來和我擁抱了一下。

「一旦水晶牆打破了，水銀會洩漏出來的，到時候，整個地宮裏都沒有安全的地方，所以，我現在擔心的是你們怎麼躲過這一劫。」我皺眉說道。

二子一愣，無奈地問道：「那怎麼辦？」

婁含打斷了我們的話：「我有一個好辦法，你們要不要聽一聽？我這個辦法，可以保證所有人都安然無恙。」

「哦，你說說看。」我說道。

「首先，不需要把水晶牆全部打破，我們可以在上面開一個規則的入口。」婁含從衣兜裏掏出了一枚戒指，「這是鑽戒，可以劃破水晶。我們可以用它在牆上開一個只讓一個人通過的圓洞。這樣一來，你們可以進去，水銀洩漏得也不會太多。我們站在外面，應該不會有什麼大問題。你們進去之後，把那塊割下來的水晶重新放上去，用寬膠帶封上，這樣一來，水晶牆就又起到隔離作用了，我們也就都安全了。你們覺得怎麼樣？」

我們不覺眼前一亮，這確實是個好主意。

「好，就這麼辦，我們現在就幹。」泰岳接過了鑽戒和寬膠帶，走到水晶牆前面，對我招手道：「方曉，你過來，其他人退後。」

「等一下。」我轉身看著趙天棟：「道長，怎麼找到天池，又怎麼占取天池方位，控制整個墓穴的氣運流轉，你能否傳授給我？」

「這個當然可以。」趙天棟沉吟道，「我們到一旁說吧。」

「好的。」我沒有懷疑趙天棟，和他一起走到旁邊，問道：「你說吧。我對風水易理的研究有限，這方面要向你請教。」

「呵呵，這個嘛，等下再說。我先給你說個事情。」趙天棟微微一笑，「你知不知道靈氣成枝這個典故？」

「靈氣成枝？」我回想起在《青燈鬼話》裏有一個記載，說是在群山深處靈氣彙聚的地方，經過千百年靈氣蘊聚之後，會形成一種極為神奇的寶物——靈枝。據說，靈枝接地脈，御龍氣，是群山之精華所在。對一般人來說，可以改變命運，讓人鵬程萬里、飛黃騰達，而對於道家修煉之人來說，更是可以開慧根，升靈性，甚至可以白日飛升。

我不覺恍然大悟，問道：「你的意思是說，墓室裏有靈枝？」

「呵呵，你誤會了，這個地方怎麼會有靈枝呢？靈枝集天地精華，匯日月之光，至剛至陽，至陰至柔，怎麼會生長在這種幽暗的地方呢？我是想要告訴你另外一件事情。」趙天棟微微瞇眼說道，「我們打開天窗說亮話吧。我可以將占取中宮天池的道法傳授給你，但是作為交換條件，你也要幫我從墓室裏取出一件東西。」

「什麼東西？」我皺眉問道。

「陰枝。」趙天棟說道。

「陰枝？」我腦子裏一片空白，從來沒有聽說過這個東西。但是，我猜測，陰枝顧名思義就是陰氣之精，是至陰至柔的東西。它形成的條件，可能比靈枝更加苛刻，因此，陰枝或許比靈枝更加珍貴。

「不錯，這就是我的師弟，也是我們所有崑崙弟子一直在尋找的東西。」趙天棟充滿希冀地扭頭看了看墓室，感嘆道：「現在，我終於有機會完成祖師的夙願了。我現在距離陰枝只有一步之遙了。方曉兄弟，我求你了，請你一定幫我把陰枝帶出來，我趙天棟和所有崑崙門人，都忘不了你的大恩大德！」

「道長，請不要說得這麼嚴重，你還是和我好好說說，陰枝到底是個什麼樣子？」我問道。

「這個東西很好找的。」趙天棟附在我耳邊低聲道，「陰枝是至陰之物，它對環境要求極為苛刻，如果不是純陰之地、至陰之體，根本無法生長。我的推測，它只會出現在一個地方，就是夜郎王屍體的下體。你割取悶香的時候，幫我順手摘一下，我就感激不盡了。」

我點頭道：「好吧，那我就答應你了。不過，陰枝既然是至陰之物，我接觸到它，會不會有什麼問題？」

「呵呵，只有長期接觸才會有問題，偶爾接觸一下，是沒有問題的。你摘下來之後，就把它放在這個木匣子裏，對你就沒什麼影響了。」趙天棟把一個紫檀木長盒子遞到我手上。

「好吧，那你把占取天池，控制氣運和開啟生門的方法教我吧。」我說道。

趙天棟取出了羅盤和幾道靈符，把方法詳細地傳授給了我。

傳授完畢，趙天棟還是有些不放心，說道：「這個方法也不保證一定有用，畢竟風水不是一成不變的。所以，等下你先別占取天池眼位，先去辦別的事情，不然的話，萬一占取失敗，引起風水反噬，那可就糟了。」

「嗯，我知道的，你放心吧。」我向泰岳走過去。

「等一下。」婁含又跑上來把我叫住了。

「怎麼了？」我問道。

「那千年悶香，你可一定要取出來。」婁含說道，「我覺得，你最好能把夜郎王的屍身從裏面運出來，這樣大家才好動手。」

「放心吧，這個事情我知道。不過嘛，」我故意頓了一下，看了看大家說：「其實，現在我們有了這麼多財寶，只要從這裏出去了，錢根本不是問題。我覺得我們甚至可以不用回去覆命的，咱們有了這些寶貝，也不在乎他們那一百萬。」

「你想違約？」婁含有些驚愕地看著我。

「怎麼，不可以嗎？」我皺眉道。

「呵呵，你真是好大的膽子，你知道那些委託我們辦事的人都是誰嗎？我實話告訴你吧，他們隨便動動指頭，我們都會人間蒸發的。你要是敢違約，別怪我沒有警告過你，到時候你連怎麼死的都不知道，你信不信？」

婁含冷眼看著我，說了一番狠話，接著放緩聲音道：「我希望你聽我一句忠告。活人永遠比鬼更狠、更危險。人心險惡，你明白嗎？你如果不想惹上麻煩，如果還想再見到你的姥爺，我勸你乖乖地履行約定，不要再有別的想法，否則沒人能夠保住你。你明白了嗎？」

「你這是在威脅我？」我冷笑道。

「我不是威脅你。」婁含靠近我低聲說，「我這是為了你好。本來，完成任務，履行約定，只是舉手之勞，你為什麼非要冒險去得罪那些人呢？犯得著嗎？」

「呵呵，你說得對，我是沒必要得罪他們。」我微微一笑，冷眼看著她說：

「不過，我不去得罪他們，這並不代表我就怕了他們。身為玄門中人，我還真不相信這世上有什麼氣運是無法改變的。那些人或許現在很強大，但是，我也能讓他們衰落下去。你信嗎？」

「好了，我知道了，你趕緊幹活吧，不要再爭論這個事情了。剛才我的語氣有些重了，對不起。」婁含無奈地說。

我抬頭看了看張三公，問道：「老人家，您有沒有什麼要囑咐我的事情？」

張三公連忙走上來，瞇著眼睛說：「沒有，我沒有什麼要求，我只希望你們趕緊把事情辦完，找到出口，咱們好出去啊。」

「好的，那我們就開工，你們先退後吧。」我和泰岳對望了一眼，一起走到水晶牆前。

泰岳捏著鑽石戒指，用力地在水晶牆上面劃了起來。

「咯吱吱——」

一陣刺耳的聲音過後，泰岳終於在水晶牆上切割出了一塊一個多平方米的窗口。泰岳深吸了一口氣，輕輕敲了敲，用力向裏一推，只聽「嘎啦」一聲脆響，水晶整塊掉了進去，水晶牆被打開了！

「進！」我和泰岳知道水銀開始外洩了，連忙從開口爬進主墓室。

我們進去之後，把地上的水晶塊抬了起來，重新堵住了水晶牆，用寬膠帶把縫隙封好，這才鬆了一口氣，對著外面的人揮了揮手。

他們也興奮地向我們揮手，我們聽到他們變小了的聲音：「抓緊時間！」

所有人的手電筒都照著主墓室，當我們看清楚四周的情況後，剛才在外面見到的珍寶山頓時黯然失色了。

珊瑚的鮮豔，瑪瑙的翠綠，玉樹的瓊光，星辰的燦爛，流水的幽靜，花草樹木如同擁有真實的生命一般。在這些讓人驚嘆的奇珍異寶之中，主墓室中間有一個高出地面不到十釐米的圓形漢白玉石台。石臺上停放著巨大的璞玉靈棺。

璞玉棺槨從中間切成兩半，一上一下，扣合在一起。如果這個東西不是出現在墓室裏，壓根兒就想不到是一個棺槨。

「要撬開這玉槨，才能見到真正的棺材。」泰岳也讚嘆地點了點頭，從背包裏取出柴刀，將刀尖插進玉槨的縫隙之中，想要把槨蓋撬開。

「兵分兩路，我來撬開棺槨，你趕緊尋找天池眼位。還有，夜郎王不可能只在墓室裏堆了財寶，機關肯定少不了，最後一步可千萬不要出岔子。」泰岳咬牙撬動柴刀。

我也覺得夜郎王的藏寶室和主墓室裏，似乎都有點平靜得過分了。這麼重要的地方，居然沒有致命機關，難不成夜郎王真的是個慷慨大方的君王，真把這些財寶送給盜墓者嗎？

我們到現在為止都還沒有發現機關，只能說明機關更隱蔽，更凶狠，很有可能，一經觸發，我們就再也沒有生還的機會！

我拿著羅盤，按照九宮格的方位測算墓室的天池眼位，又瞇眼四下查看。我感到有些奇怪，整個墓室之中，居然沒有一絲陰氣存在。這裏聖潔得如同聖殿，讓人難以置信。

泰岳撬動槨蓋的時候沒法拿著手電筒，他把手電筒放在旁邊一塊珊瑚上，光線正好照著泰岳和那口璞玉棺槨。

我站在他的側面，拿著手電筒幫他照著亮，墓室裏的光影有些詭異。墓室裏出現了很多黑色陰影，看著如同鬼魂一般，有些猙獰。

「這玉蓋子有些重，你來和我一起撬吧。」泰岳累得滿頭大汗都沒能弄開，只好叫我來幫忙。

我捋了捋袖子，把手電筒放到旁邊的一棵珊瑚樹上架好，也掏出柴刀，塞到棺槨縫隙裏，和他一起撬起來。

沒過多久，我們就將蓋子撬開了差不多十釐米，但棺槨的卯榫將蓋子和下半部分死死地扣在一起，怎麼撬都撬不起來。

泰岳用力將柴刀把子按下去，將蓋子撐了起來，憋著氣對我喊道：「你看看到底是哪裡卡住了，把它弄斷，不然撬不開。」

我連忙拿著手電筒，彎腰沿著縫隙向裏看去。我看到裏面一片青黑色，隱約還有花紋雕飾，想必就是裝著夜郎王屍體的棺材了。但是，我找了大半圈，都沒有發現任何卡住棺槨蓋子的東西。

我不覺有些疑惑，這時我的眼角突然一動，覺得右邊的縫隙中，似乎有個白乎乎的東西飄動了一下。

我連忙用手電筒一照，頓時驚得一聲悶哼，全身暴起了一層雞皮疙瘩，心都揪緊了。只見縫隙之中，居然有一雙眼睛正在看著我！

由於手電筒光線照著，那雙眼睛反射出了綠瑩瑩的光，我的第一個感覺，那不是一雙眼睛，而是一對鑲嵌在棺材上的綠寶石。但是，那雙眼睛轉動了一下，明顯是在向我望過來。

我大叫一聲，向後一跳，對泰岳大喊道：

「這棺材裏有東西，我們趕緊後撤！」

我抬頭向泰岳那邊看去，赫然發現那裏已經沒有泰岳的身影了，卻站著一個白乎乎的影子，就好像一個人站在那裏，頭上蒙了白床單一般。

我又驚愕又疑惑，抬起手電筒照過去，發現那果然是一個蒙著白布的人影，而且白布裏面的人還在窸窸窣窣地動彈著，手臂的扭動在白布上不時撐起一個饅頭狀的突起。

「泰岳？」我下意識地低叫了一聲。

蒙在白布裏的人發出了一陣低沉沙啞的嘶嘶聲。

「泰岳，是你嗎？」我心裏一沉，意識到情況不妙，連忙將打鬼棒抽出來緊攥在手裏，一點點地向那個白影走過去。

由於心裏很緊張，我感覺全身都顫抖了起來。我下意識地向墓室外望過去，只看到二子等人的幾把手電筒從珍寶山上照下來，有些刺眼。他們站在背光處，我無法看到他們，不知道他們在做什麼。

我知道，現在想要和他們互通訊息是不可能了，我只有靠自己。我不覺堅定了信念，深吸了幾口氣，將心情平復下來，然後一邊向白影走過去，一邊緩緩伸出打鬼棒，想挑開那塊白布。

我低聲問道：「泰岳，是不是你？這是怎麼回事？」

就在這時，側面傳來「咳吱」一聲輕響。我連忙扭頭看去，卻發現是泰岳放在珊瑚樹上的手電筒，非常詭異地緩緩地向上移動著。

我的頭皮都發麻了，牙齒有些打戰。不行，方大同，你要鎮定！

我緊咬牙關，全身都繃緊了。

「不管你是人是鬼是妖，都給我現出原形吧，我沒時間陪你玩了！」我低聲咬牙罵道。

沒想到，就在我彎腰瞇眼向那邊看去的時候，那個控制著泰岳的手電筒的東西，竟然將手電筒直直地向我的眼睛照了過來。

我只覺得眼前一片金黃炫目的光芒，一時間就看不到其他東西了。突然，有一隻手猛然從背後搭到了我的肩上！

我有些機械地扭過頭，向肩頭看去，赫然看到一隻蒙在白布中的手，正搭在我的肩膀上。那手上的手指在不停地彈動著，就像四五個蛇頭正在爭相往外拱。

我想移動身體，躲開這隻手爪，後脖頸上又傳來了一陣濕答答、黏糊糊的感覺，就像有一條舌頭正在舔著我。

我渾身一個激靈，從地上一躍兩米高，身在半空的時候，翻身用打鬼棒向後死命地砸過去。

「砰——」打鬼棒全力砸下，傳來一聲悶響，我感到似乎砸到了饅頭上一般，有一種鬆軟又有彈性的感覺。

我定睛一看，只見這個身影上的白布已經有些傾斜和脫落，露出的部分景象讓我就像吃了蒼蠅一般，差點噁心得吐了出來。

白布的下擺露出的既不是人的腿腳，也不是野獸的腳爪，而是一大團細長、肉乎乎、糾纏在一起不停蠕動的形成兩條腿的東西，黑狸花色的東西。

我落地之後，依舊感覺後脖頸上濕冷一片，還有一陣酥麻的刺痛傳來。我伸手向腦後一摸，摸到了一團涼涼的、肉肉的東西。

我一把抓住那團東西，死拽下來，放到眼前一照，竟然是一條有青蛙那麼大、那麼重的螞蟥！

這螞蟥少說也活了上百年。牠那比一元硬幣還大的血紅吸盤上有黏糊糊的血水，吸盤四周的觸角正在不停地伸縮著，吸盤中間的口器裏露出了密密麻麻、尖細鋒利的牙齒。

想必這螞蟥已經在我的脖頸後面咬開了口子，開始吸血了，現在被我突然抓過來，牠還有些意猶未盡。

牠在我的手臂上試探了幾下，就扎了下去，口器再次咬向我的皮膚。我登時覺得手臂上一陣刺痛酥麻，大叫一聲，甩手將這鬼東西摔到地上，跟著一腳猛踩上去。

「咕唧——」血肉摩擦的聲音響起，我抬腳一看，發現螞蟥身上多了一些塵土，卻竟然沒有多大變化。牠的肌肉太過柔韌了，根本就不怕擠壓和踩踏。我的發洩根本對牠造不成傷害，我不覺吐了一口唾沫，一腳將牠踢開，不想再和牠繼續糾纏了。

將螞蟥踢開後，我抬頭又向面前的白布人影看去，立時驚呆了。

此時，白布已經完全脫落了，現出的卻是由無數黑花色螞蟥糾纏在一起形成的人形。這個人形就好像一具剝了皮的殭屍，全身不停地蠕動著。

我已經回憶不起來，見到這個情景時我是怎麼挺過來的。我只記得我丟掉了打鬼棒，拔出了陰魂尺，帶著滿心的憎惡，就向那一團腥臭恐怖的東西掃過去。

「嘰呀——」就在陰魂尺掃出的瞬間，那團東西突然發出了刺耳的嘶鳴，頂部竟然伸出了一個手臂粗的螞蟥頭，張開了巴掌大的吸盤和口器，在半空中扭動著。

而且，這團東西的背後，竟然張開了一對血紅色的半透明翅膀，「撲啦啦」一陣急速扇動，帶著這一大團噁心的玩意兒，一下就升到了我的頭頂。

「啪啪啪——」這團東西升起來之後，掉下了很多條大螞蟥，一陣螞蟥雨灑了下來。我的身上落了好些大螞蟥。

大螞蟥一沾到我身上，立時瘋狂地用吸盤四下探測著，接著一下扎下去，對我的皮肉噬咬起來。

我猛地晃動，甩掉了幾條螞蟥，又抓掉甩開了好幾個，這才清除乾淨了。但是，我用手電筒照向地面時，卻發現周圍已經爬滿大螞蟥了。

牠們都是黑花色的脊背，黃褐色的肚子，伸著細長的身體朝我的方向探測，開始蠕動過來。

我倒抽了一口冷氣，陰魂尺猛然連掃幾下，掃翻了一大片螞蟥。但是，陰魂尺還沒來得及收回，頭頂又有一陣風聲。抬頭一看，一團黑影向我撲面而來。

「嘿！」我抬起陰魂尺一擋，同時快速後退，但還是慢了一步。黑影從我頭頂飛了過去，在我頭上扔下了一坨腥臭難聞的東西。

我伸手一摸，那居然是一大團不停蠕動的小螞蟥。這時，小螞蟥已經鑽進我的頭髮裏了，抓都抓不過來了。

我只覺頭皮一陣發麻，刺痛感傳來，無數小螞蟥拼命地往我的頭皮裏鑽，想吸乾我的血，吸乾我的腦髓。

「嗚哇——」我怒吼一聲，一躍從地上跳起來，向圍繞在棺槨外圍的水銀河衝了過去。

水銀有劇毒，但是，我卻要用它來洗頭。因為，只有這樣，我才能將這些小螞蟥都清除掉。

小河裏的水銀表面已經形成了一層氧化層，非常堅硬。我用尺捅了幾下，這才露出了裏面銀白色的液體。

我捧起一把水銀，向頭上拍去，落下了滿頭滿身銀色的水銀珠子，因為水銀根本就不像水那樣能將頭髮浸濕。我只好丟掉手電筒，收起陰魂尺，拼命地抓撓頭皮，將這些小螞蟥一點點地揪出來。

就在我正在抓撓頭皮的時候，頭頂上再次傳來一陣風聲。這一次，我不用抬頭看，就已經知道那是什麼了。

我真沒有想到，這墓室裏會有《青燈鬼話》上記載的血翼螞蟥蟲。這是那些大螞蟥和小螞蟥的母體。

姥爺說過，一旦遇到這玩意兒，麻煩可就大了。因為，在所有鎮墓獸中，血翼螞蟥蟲雖不是最凶的一種，卻絕對是最難纏的一種。因為牠可以像蛞蝓那樣，分裂出無數小螞蟥，而且小螞蟥見肉就咬，極難清除。對付這種東西，最好的辦法就是用火攻儘快清除，否則後患無窮。

血翼螞蟥蟲又是一種非常陰毒的屍蟲，一般不到開棺的那一刻，牠是不會出現的，所以，想要防備牠很困難。這是一種很恐怖的鎮墓獸，凡是被牠纏住的人，會被活活吸乾血液，變成乾癟的千瘡百孔的皮囊。

我抓起手電筒向上照去，看到半空中盤旋著一條長蛇一般的東西。只是，這東西的肚子比蛇大，而且身上還趴著一團團不停蠕動的螞蟥。

我冷哼一聲，緊握住陰魂尺，使出了所有力氣，爆發出了一股磅礴的陰尺氣場。陰尺氣場如同灼燒的烈火，籠罩住我全身，在我的意念控制之下，任何靠近氣場的活體生命都會瞬間斃命，包括那些鑽進我的頭皮的小螞蟥，以及再次空降下來的螞蟥炸彈。

「去死吧！」我飛躍而起，陰魂尺向血翼螞蟥蟲掃了過去。

「唧唧——」牠顯然也感到了陰魂尺厲害，發出一聲尖鳴，奮力揮舞翅膀向上升去。

主墓室的頂壁有數丈高，空間極為寬闊，所以這傢伙逃脫了。牠逃出了我的攻擊範圍，如同一隻巨大噁心的蒼蠅一般，在我的頭頂呼啦啦地亂飛起來。

不過，好在這畜生知道陰魂尺厲害，不敢再下來騷擾我了，讓我得到了一點喘息的時間。

我落地之後，喘了幾口氣，不敢放鬆心情，四下查看著墓室，想找到泰岳。

自從我在從玉槨縫隙裏見到那雙詭異的眼睛開始，泰岳就消失了，到現在都沒有再出現。

這個主墓室雖然空間很大，假山林立，但是，想要藏住一個大活人，還是困難的。我首先想到的就是放在珊瑚樹上那支詭異的手電筒。這時，那支手電筒已經升到了半空中，懸立在角落裏，不停地晃動著。

我閃身向側面跳去，抬起手電筒向那個方向照去，赫然看到一隻細白的小手正握著那個手電筒。我登時心裏一緊，意識到現在情況很複雜，我必須要保持頭腦清醒和鎮定。

這個墓室剛開始看似毫無異常，卻處處都充斥凶險的氣息。在我們進入墓室之後，不知道已經觸發了多少個暗藏的機關，才將這些隱藏在墓室中的凶戾陰靈釋放了出來。

那隻細白的小手讓我很不淡定。我有些不敢再看過去，擔心又看到讓我難以承受的東西。

我一手緊握陰魂尺，非常小心地警惕著四周，一步步地退到水晶牆前，向外面投去求助的目光，還喊了幾聲，想問問他們，看到泰岳到哪裡去了。

可是，我喊了好幾聲，外面一點兒回應都沒有。二子他們那幾束手電筒光線靜止不動。我感覺到，似乎那些手電筒並不是被人拿在手裏，而是被放在地上了。也就是說，二子他們也失蹤了！

一切都亂了！全部都不對頭了！

不對，我肯定是昏頭了，產生幻覺了！

泰岳和二子等人不可能憑空消失，就算這墓室再詭異，也不能將幾個大活人瞬間吞噬，憑空蒸發。

方大同，你醒醒，快醒醒啊！你已經出現幻覺了，而且是極為恐怖的幻覺，你快點醒過來啊！

我在心裏怒吼著，焦躁而憤怒。但是，我面前的一切還是沒有改變。幻覺不可能這麼真實，我的意志也不可能這麼脆弱，怎麼會這麼容易就被攪亂，產生如此驚悚猙獰的幻覺呢！

到底發生了什麼事情？

方大同，冷靜下來！姥爺說過，你的道行低微，就是你心性難定。還有什麼東西會比陽魂尺裏濃重無比的怨氣更恐怖呢？

「如果你陷入了無法解釋的狀態，就試著捏一捏陽魂尺，對你的精神意識進行衝擊，讓你恢復清醒！」

我終於記起了姥爺的教導，於是收起了陰魂尺，將陽魂尺抽了出來。陽尺入手，我只感覺大腦「嗡」一聲悶響，接著雙眼一黑，四周陰風捲起，飄搖著無數凶戾的鬼影，圍著我尖叫、掐著我的脖頸、噬咬我的身體。

「唔——咕——」雖然我經歷了很多次這個場景，但是，在同一天中第三次拿起陽魂尺，還是第一次。我已經有些抵擋不住怨氣的侵蝕。

我感覺頭疼欲裂，全身一陣劇烈抽搐，跪倒在地上，嘔吐了起來。

「方曉！你在做什麼！」

在嘔吐和抽搐中，我猛然聽到了一個熟悉的聲音，頓時令我心神一震。是泰岳的聲音！他沒有失蹤！

我的意識恢復清醒了，感官知覺也恢復了！

陽魂尺對意識的衝擊果然起了作用！

剛才我果然是出現幻覺了！

我連忙將陽魂尺收了起來，抬頭一看，發現自己居然正趴在玉槨之上，手裏的手電筒倒拿著，對著自己的眼睛照著。

我一下扔開手電筒，搖晃著還在眩暈的頭，拭去嘴邊的嘔吐物，瞇眼看去，只見泰岳站在我面前，他依舊死死地按著那把撬動槨蓋的柴刀，和先前的姿勢一樣。

「方曉，你怎麼了？」泰岳一臉焦急地看著我。

「沒，沒什麼，這裏面，有，有東西，唔——」我又嘔吐了幾口，這才平復下來，繞到玉槨對面，問道：「你有沒有錘子？」

「我背包裏面有，你自己拿吧。」泰岳的神情很疑惑，「你說這裏面有什麼東西？你剛才怎麼了？怎麼自己照著臉？到底是怎麼回事？」泰岳問道。

「那裏面有一雙眼睛，可以讓人產生幻覺，等下你也小心一點，不要和它對視。我要直接砸開它！」

我抽出了一把拳頭大的鐵錘，一轉身，猛地向玉槨上砸去。

「啪」一聲脆響，玉槨上立時被我砸得飛起了一片玉屑，蓋子上也炸開了一朵裂紋。

夜郎王採用上等璞玉做棺槨，是借取玉氣的溫涼保存屍體，也給盜墓者造成一種誘惑，這麼完整巨大的璞玉，其價值無法估量，所以，盜墓者定然是捨不得將它砸壞的，這樣一來，也就能保護屍體。何況，墓室外還堆了那麼多珍寶，所以，應該不會有人來砸毀棺槨的。但是，我不是盜墓的，我是盜屍的！

鐵錘揮舞，不停地砸在槨蓋上，我已經是雙目血紅。

「喂喂，方曉，你幹什麼？」一直在外面給我們照亮的婁含等人發現了我的舉動，不覺走到水晶牆前，對著我大聲喊話。

「你們給老子閉嘴！」我咬牙切齒地回頭一聲怒罵，接著轉身雙手掄起錘子，繼續瘋狂地砸起來。

「喂喂，方曉，你這是幹什麼？」泰岳也有些被我驚到了，滿臉疑惑地站在我身邊問道。

「你不要管，自己小心一點，別再中招了，我倒要看看，這裏面到底是什麼！」我把槨蓋砸得四分五裂，碎成了數十塊。

「現在好了吧！」我跳到槨蓋上，一陣亂踢，把那些碎玉都踢開去，露出了裏面的棺材。

我低頭一看，心裏一驚，在紫黑色棺蓋之上，居然佈滿了一雙雙綠色的眼睛！那些眼睛都在咕嚕嚕轉著！所有的眼珠子都在瞪著我，我不禁全身暴起一層雞皮疙瘩，翻身從棺蓋上跳了下來。

「這，這是什麼？」泰岳剛說了一句話，接著就全身一滯，兩眼發直地死死盯著那些噁心的眼睛，然後竟然緩緩地舉起手裏的柴刀，向自己腿上砍去。

「不要！」

見到泰岳的舉動，我知道他已經被那些眼珠子迷住了，產生了幻覺。我連忙扔掉錘子，跑到泰岳身前，一腳踢飛了他手上的柴刀，然後一個側翻踢，把他放倒在地上，再騎到他身上，狠狠地抽他的臉，想將他喚醒。

「方曉，你在幹什麼？」二子滿心焦急地捶著水晶牆，對我大喊著。

我心裏一動，鬆開泰岳，起身對二子等人怒吼道：「都退後，千萬不要看棺材上面的眼睛，看了就會被迷住，別怪我沒告訴你們，我管不了你們！」

「啊？」二子他們都是一愣，還沒明白過來。

「滾啊！站得越遠越好，快點！」見到這群混蛋還在發傻，我忍不住暴跳著怒吼道。

「好，好，我們去。」被我的樣子嚇到了，二子等人慌忙轉身向珍寶山上跑去，儘量遠離水晶牆，也逃出了棺材上面那些眼睛的迷魂範圍。

我這才鬆了一口氣，但是，我還沒回頭，就聽耳邊一陣風，一個拳頭重重地砸到我的太陽穴上。

我被這一拳砸得整個人側飛出去，落地之後，腦子裏嗡嗡一陣亂響，掙扎了半天都沒能緩過勁來。

來。

我的腦袋剛清醒了一點，腦後卻陰風再起，泰岳穿著軍靴的腳向我頭上踹了過出去。

「好吧！」我心裏一陣憤怒，也不再躲閃，我倒要看看到底誰更厲害。我一翻身，不退反進，猛地撲到泰岳身上，用力抱住了他的小腿，向上一掀，將他掀飛了出去。

「咕咚」一聲悶響，泰岳的腦袋撞到了後面的玉石假山上，立時流血了。但是，這傢伙還是悍不畏死地站起來，再次向我衝過來。

我們兩個拉開架勢，拳來腳往。

泰岳不愧是特種兵出身，不但招數凶狠犀利，而且擒拿手法很精準。我沒有練習過武術，也不懂得擒拿格鬥，我用來打架的所有招式，都是出於禦敵的本能。但是，我的速度很快，身法敏捷，所以，就算是行家高手，也不能將我擊敗。

泰岳已經算是個強悍的對手了，但是，他也一樣拿我沒辦法。我速度比他快，力量也不輸於他，就算他招式再犀利凶狠，也發揮不出什麼作用。千破萬破，唯快不破！

「嘿嘿，大哥，咱們再打下去也沒什麼結果的，還是早點結束吧，不和你玩了！」

我的自信增加了許多，隱隱有一種已經戰勝了泰岳的感覺。我翻身躲過泰岳的一記重拳，迅速繞到他的身後，閃電一般地掏出陽魂尺，向泰岳身上點去。

這時，泰岳正轉身向我襲來，陽魂尺正好點中他的眉心。

「咕——」泰岳立時瞳孔放大，全身繃緊，一陣抽搐，接著口吐白沫，倒在地上。

「好了，總算搞定了！」我收起陽魂尺，抬眼向布滿眼珠子的棺材蓋子望過去，冷笑一聲，掄起了地上的錘子，就向那些眼睛狠狠砸去。

棺材蓋子上這些眼珠子，就是夜郎王屍體的最後守護者。雖然我還不知道這到底是什麼東西，想必是一種高深的巫蠱之術。夜郎王將這道機關設置在棺材蓋上，就是要給那些膽敢撬開槨室的人造成幻覺，讓他們自相殘殺。

一般人是無法突破最後這道防線的，他們無法使自己的心神清醒過來。看來，這真的天命安排，讓我來突破這最後的防線。

「撲哧——」我一錘子砸下去，眼珠子居然炸出一股惡臭的污水，有些濺到了我的臉上。

「居然是活的！」

我心頭一凜，向那顆已經破裂的眼珠子看去，赫然發現眼珠子變成了一灘黑紅色的爛肉，散發出惡臭氣味。一道陰冷的氣息突然從眼珠子下面的小孔裏噴了出來，瞬間籠罩住我，我不禁打了一個寒戰。

「嗚哇——」我本能地向後一退，瞇眼一看，只見一個披頭散髮的黑影，正低垂著腦袋，站在我的面前。

眼珠子被砸壞之後，下面的小孔裏面居然能釋放出一個凶戾的陰煞！

我多次與陰魂鬼煞接觸，對這種陰煞的威力，早已了然於心。現在被釋放出來的這個陰煞，它的力量並不是很強，但是卻足以控制那些普通人，為自己所用了。

果然，陰煞從棺材眼裏出來之後，立刻就尖叫著，張牙舞爪地向我襲擊，想要上我的身，控制我的心神。

我一聲冷哼，也不去動用陽魂尺，只是快速向後一退，從地上撿起了打鬼棒，就向著陰煞衝過去。

「來吧，讓我見識一下千年鬼煞力量如何！」我大吼一聲，打鬼棒連番揮出。

「嗚哇——」陰煞張牙舞爪地嘶號著，在墓室中掀起陣陣陰風。它壓根兒就不敢近我的身，只是懸立在半空飄蕩著，發出令人毛骨悚然的尖厲叫聲。

此刻的我，已經連續開啟陽魂尺三次，我的心性因為方才的歷練更加穩定了，所以，這鬼東西壓根兒就拿我沒辦法。

陰煞盤旋了幾圈之後，一扭頭就向地上躺著的泰岳飄了過去。

「不好！」我心裏一驚，連忙向泰岳奔去，想幫他擋住陰煞。但是，陰煞瞬間即至，一俯身，就要向泰岳的身體裏鑽去。

這個時候，最詭異的情況發生了。

泰岳的身體裏，居然也衝出了一道高大的黑色陰影，一把將陰煞抓住了！

第七十章

雙重人面

我終於明白泰岳為什麼會失蹤了。
他費盡心機甩開我們，獨自到太陽眼位墓室，就是想獨吞。
沒想到，最後還是我最信任的人出賣了我。
果然是人心難測，知人知面不知心啊！

「哼！」

黑影發出一聲冷哼，粗大的手臂一發力，就將陰煞捏得魂飛魄散了。然後，黑影縮回泰岳的身體之中，而泰岳也緩緩地睜開眼睛，醒了過來。

「發生了什麼事情？」泰岳有些懵懂地摸了摸腦袋，滿臉疑惑地看著我問道。

這個時候，我已經驚疑得混亂了。我怔怔地看著泰岳，用力地咽了一口唾沫，好半天才緩過氣來，看著他說：

「你被那些眼睛迷魂了，不過，我已經幫你解除了。你現在感覺怎樣？」

「感覺沒事，就是頭有些疼。」泰岳皺眉看著我，「我昏迷之後，你有沒有看到什麼異常的東西？」

「沒，沒看到。」我再次咽了一口唾沫，眼神有些躲閃地答道，轉身繼續去砸那些眼珠子。

「我來幫你。」泰岳撿起一塊玉石，上來幫我一起砸。他的神情非常平和，但是我卻對他有些排斥，不敢跟他靠太近。

「撲哧——」

「撲哧——」

一聲聲水球滋裂的聲音，濺起了一片惡臭的水跡。不過幾分鐘時間，我們就砸掉了十來個眼珠子。這一次，那些眼珠子下面的小孔裏沒有再釋放出陰煞來。想必，這棺材裏的陰煞只有一個。

我不覺鬆了一口氣，加快了打砸的速度。泰岳也緊跟著，我們把所有的眼珠子都砸掉了。

我們一起站在棺材的一頭，看著那千瘡百孔、爛肉遍佈、如同生瘡潰膿一般的棺材蓋，禁不住都是一陣頭皮發麻，胃裏一陣翻騰，差點吐了出來。

「呼哧——」突然一陣氣流噴動的聲響，我瞇眼一看，不覺驚得差點跳起來。棺材如同漏氣的氣球一般，從每一個小孔裏都向外噴射出一股陰冷的黑氣！

泰岳看不到那些黑氣，所以，他並沒有震驚，我卻是又驚又懼。我知道，我們剛才的行為打開了魔盒，現在魔盒開始釋放出所有的邪惡和怨氣了。

黑氣不停噴射，每一個小孔裏都釋放出了一個披頭散髮的凶戾陰煞。這些陰煞渾身氤氳著濃重黑氣，從棺材裏出來之後，一路向上升去，然後彙聚到一起，在頂上形成了一層濃墨一般的黑雲。

黑雲滾滾瀰漫開來，逐漸籠罩了整個墓室，將我和泰岳完全包裹了起來。我們四周圍滿了不停淒厲尖叫的陰煞鬼魂。

泰岳雖然看不到，但是，他也察覺到了異樣。他緊皺著眉頭，警惕地看著四周，低聲問道：「什麼情況？有多少？」

「很多，有多少顆眼珠子，就有多少個，我們已經被包圍了。」我說道。

「你準備怎麼辦？」泰岳神情有些緊張地問道。

「我自己倒是沒什麼問題，不會被他們影響，我擔心的是外面那幾個人，他們不能躲過這些陰煞的襲擊。」

我抬眼看了看這些陰煞鬼影，心裏卻蹦出了一個極為怪異的想法。

現在，我們必須要想辦法清除這些陰煞，因為，就算這些陰煞對我和泰岳形不成威脅，但是一旦擴散出去，就會纏住二子他們。那樣的話，我們的麻煩就大了。

但是，現在我沒法再去拿陽魂尺了，而且，就算能再拿起陽魂尺，也無法一下子清除這麼多陰煞鬼影。畢竟，我對陽魂尺的操控還不是非常得心應手，想要爆發出強大的陽尺氣場更是不可能的事情。

所以，現在如果想儘快清除這些陰煞鬼影，唯一的辦法，就是利用泰岳體內那個黑影！從剛才那個黑影一把就捏碎了陰煞來看，這些陰煞對於它就是小菜一碟。只要它願意，殺死多少陰煞都是很輕鬆的事情。

現在關鍵的問題是，我不知道泰岳能不能夠自由控制那個黑影，或者說，他到底知不知道他自己的體內藏著這麼一個厲害的東西。而且，那個黑影也讓我對泰岳的身分再次產生了懷疑。他到底是何方神聖，為什麼會擁有那麼多神奇的能力？

「你說得對，不能讓這些鬼東西擴散出去。」泰岳也緊皺眉頭，沉聲說道。

「要是道長能進來的話，說不定他可以有辦法，但是，他沒法進來，所以，現在只能靠我們自己了。」我說道。

我定定地看著泰岳說道：「大哥，我們是不是兄弟？」

「嗯？」泰岳一愣，有些迷茫地看著我：「你怎麼了？怎麼突然問這個？」

「我必須問清楚。」

我微微皺眉道：「因為，如果我們是兄弟，那就要兄弟同心。兄弟就是要互相信任，毫無隱瞞，甚至願意犧牲性命。我想知道，在你的心裏，有沒有把我真正當成你的兄弟，願意完全相信我，對我毫無保留？」

「這個——」泰岳遲疑地皺起了眉頭，沒有回答我的話。

他雖然沒有回答，但是，這已經是回答了。

是的，我們雖然磕頭拜了把子，名義上算是兄弟了，但是，實際上，我們都沒有完全接納對方，更沒有做到毫無保留和絕對信任。

這種情況，是我早就已經預見到的了。因為，我和泰岳各自都有太多的秘密了，要我們對別人毫無保留、絕對信任，那真的是不太可能。

泰岳沒有給我肯定的回答，我也不怪他，將心比心，我對他不也是有所保留嗎？

「好了，我不管你給我怎樣的回答，我現在有一個很要緊的事情和你商量。這個事情，你一定要答應我，因為，這是我們唯一的機會。」我說道。

這時，泰岳已經明白我要說什麼了，還沒等我說出來，他就打斷了我的話：「你不用說了，我明白。不過，要我來做這件事的話，我需要單獨一個人。你先退出去，等到我搞定之後，你再進來。」

「好，那就拜託你了，大哥！」我和泰岳緊緊抱了一下。

「方曉，對不起，我現在還不能——」

「大哥，不用說了。」我打斷他的話，「每個人都有自己的秘密，你不需要對我解釋。我自己也一樣。我們是兄弟，這就夠了。」

我來到水晶牆前，將那個黏合起來的小門打開，鑽了出去。

泰岳非常仔細地把那小門再次封好。

二子等人連忙迎上來，滿臉擔憂地問我道：「怎麼樣了？搞定了沒有？」

「暫時還沒有，但是也快了。」我深吸了一口氣，摸出一支菸，坐在珍寶堆上抽了起來。

見我不願意多說，他們也只好陪我坐了下來。

「只留一支手電筒往墓室裏，省著點用。」我瞥眼看到他們都很好奇地看著墓室說道。

聽到我的話，他們雖然有些疑惑，但還是把其餘的手電筒都關了。這樣一來，主墓室裏立時變得很暗，他們根本沒法看清泰岳在做什麼。

我一邊抽著菸，一邊瞇眼向墓室看去，只見裏面依舊黑氣氤氳，泰岳的手電筒放在角落裏，卻看不到泰岳的身影。

這時，婁含走了上來，有些猶豫地看了看我，還是咬了咬嘴唇，低聲問道：

「剛才你為什麼要砸掉玉蓋子？你知道那蓋子值多少錢嗎？你這麼一砸，可毀掉了一件稀世珍寶。」

我無奈地笑了一下，抬眼看著她說：

「再珍貴的珍寶，也比不上人命。我那樣做，肯定有我的理由。這些事情，你就不要過問了。出了事情，我來負責就是了。」

「好吧，不過我覺得，以後還是小心點好，畢竟這不合規矩。」婁含有些怯怯地說。

「嗯，我明白，你放心吧，能守的規矩我會儘量遵守的，不會讓你難做的。」

我又問道，「你身上的傷還好吧？」

「嗯，好多了。」婁含走到一邊，抱著膝蓋坐了下來。

二子見我這麼關心婁含，說道：「你小子怎麼也不關心我一下？我也受了傷。」

我有些尷尬地笑了一下，有些擔憂地向婁含望去，發現她沒有什麼反應，這才放下心來。

趙天棟看出了我的擔憂，走上前來，坐到二子身邊，低聲說了一句話。

二子有些驚疑地看了看婁含，又回頭看了看我，拉著我的衣袖問道：

「喂，你小子什麼時候知道的？」

我無奈地笑了一下，說道：「什麼時候知道不都一樣嘛。」

我不想再說話，就站起身，悄悄掃視著這幾個人，心裏感覺愈發沉重。

我們的行程接近尾聲了。但是，隊伍中的人也越來越神秘了。現在，我真的不知道，我所面對的這些人到底哪一個才值得信任了。

只有二子讓我心裏稍微踏實一點，但是又因此有些擔心。因為，二子太過直心腸，很容易被人暗算。我擔心那些想要對我們不利的人，會先對他下手。

我皺了皺眉頭，覺得這個事情必須要提醒他一下。我撣掉菸頭，把他拉到一旁，低聲說道：

「除了我之外，你不要相信任何人。這裏任何一個人都有可能是敵人，都有可能在最後關頭給我們背後捅上一刀。不到事情徹底結束，絕對不能放鬆警惕，你要小心一點。接下來，我有可能照顧不到你。」

二子眉頭一皺，鄭重地點了點頭：

「我早就覺得這幫混蛋沒一個是善類。老子一直防著他們呢。你別看我表面上大大咧咧的，那都是裝出來的。你放心吧，只要他們敢有什麼反常的舉動，我絕對會收拾他們。」

我這才放心地點了點頭，拍了拍他的肩膀：「我們一定要安全地走出去。」

「放心吧。」二子和我緊緊握著手，接著突然扯著嗓子喊道：

「你說什麼？讓我負責保護她？憑什麼？老子不幹！老子現在自己都顧不上呢，你別給我找麻煩！我告訴你，先前我是讓著你，你再跟我囉唆，我跟你拼命！」

二子說完，惡狠狠地對我吐了一口唾沫，罵罵咧咧地走開了。

見到這個傢伙說演戲就演戲，我不禁也有些佩服。

「你不願意就不願意吧，又沒強求你，混蛋！」為了配合二子，我也只好罵了一句，接著走到趙天棟等人面前，鬱悶地皺著眉頭說：

「大家都保護好自己吧，最後關頭了，能不能出去，各安天命！」

「放心吧，我們會照顧好自己的。」張三公笑道。

「嗯。」我點了點頭，又點了一支菸，悶頭等待泰岳「出關」。

沒想到，我抽了四五根菸之後，泰岳卻還是沒有任何動靜傳出來。我直覺到事情不妙，泰岳很可能出事了。我連忙起身，向水晶牆跑過去。

「喂，怎麼了？」趙天棟擔憂地問道。

「沒什麼事情，你們待著別動，我不叫你們，你們就不要過來！」我推開了水晶牆上的小門，進入主墓室，拿手電筒四下照了照，很是詫異。

此時，墓室裏已經沒有什麼陰煞之氣了，但是，泰岳也不見了。

我很確定自己不是產生了幻覺，泰岳確實是不見了，而且，他很有可能是故意離開的。因為，他的手電筒一直擺在玉臺上，對著墓室中央照著，顯然是為了干擾我們的判斷，讓我們以為他還在這裏。

我在墓室裏四下尋找起來，發現墓室後壁上，有一扇隱約的門形印記。這堵後壁，我看過幾次，之前並沒有見到這個印記。也就是說，這個印記是新出現的，或者說，是因為隱藏的機關被打開之後才顯現出來的。

我不知道泰岳是怎麼消失的，也不知道他在搞什麼鬼。但是，每個人的心裏，都有一片別人無法涉足的地方。我相信，泰岳選擇這樣做，一定有他自己的理由。而且，他不一定是故意離開的，也有可能是遇到了意外情況。

總之，現在墓室裏的陰煞之氣已經清除乾淨了。泰岳沒有食言，在失蹤之前，他還是幫我們掃除了最關鍵的障礙。

現在我們要做的事情，就是儘快開啟夜郎王的棺材，完成我們此行的任務！

我沒有把泰岳失蹤的消息告訴二子他們，也沒打算去找泰岳。

我默默地走到夜郎王那口千瘡百孔的棺材前面，靜靜地審視著它，思索著開啟棺材的辦法。

人類社會的文明進程中，產生過很多種不同的墓葬方式。墓葬方式不但是一個民族保持信仰、表達對祖先的悼念和尊重的方式，也是文明和文化得以流傳的關鍵環節。古往今來，文明得以完整保存和流傳的民族，無一不擁有神聖和完整的墓葬傳統，特別是君王墓葬，更是令人嘆為觀止。

埃及金字塔，就是一座停放法老木乃伊的大墓。正因為有金字塔的存在，埃及文化才為世人所知。中國古代的一些帝王陵墓，不管是秦始皇陵墓、唐王陵墓，無一不是規模宏大、壯闊恢宏的建築工程。當初建設的時候，不知耗費了多少人力物力，犧牲了多少無辜性命，但是，現在看來，他們建築的不是陵墓，而是存放文化精髓的保險櫃。正因為有這些陵墓的存在，才使得那個時期的文化和文明有了根，有了源，有了存在過的證據。

金月夜郎王，也就是現在躺在我面前這口棺材裏的屍體，當初曾是叱吒西南邊陲的強大存在，她生前曾經留下「夜郎自大」的「千古佳話」。

據傳，漢武時期，曾經對夜郎諸夷數番剿滅，夜郎古國一度西遷，最後退至崑崙山下，整個種族幾近覆滅，夜郎文明從此消失在歷史長河之中。今天，我們要想研究古夜郎文明，所能依賴的憑證，恰恰就是那些為數不多、得以保存下來的墓葬。

不過，我並不是一個想要研究夜郎文明的考古專家，也不是一個為了保護文物而不顧生命的衛道士。我來到這裏的唯一目的，就是獲取千年悶香，為重病的姥爺治病。

現在，我的目標近在咫尺。如果不出意外，夜郎王現在正安穩地躺在這口棺材中，等待我割取那寶貴的血肉。

我唯一要做的事情，就是開棺戮屍！

我伸手輕輕彈了彈夜郎王的棺木，發現那是堅硬如鐵的鑌鐵杉木。由於經歷了千年存放，此時木頭早已碳化成為了沉香木，其堅硬程度已經不是可以輕易砍開的。

「喀嚓，喀嚓——」我拿著鐵錘，開始砸毀護住棺材下半部分的璞玉槨室。我想將槨室完全去除，再看看棺材上面有沒有什麼隱藏的機關。

一陣錘砸之後，璞玉槨室碎掉了一大塊，露出了裏面的棺材外壁。我看了一眼，不覺一下子愣了。

因為我發現，這個棺材除了蓋子之外的下半部分，也就是被璞玉槨室護住的部分，居然是透明的！這個棺材除了蓋子之外，都是水晶做的！

也就是說，只要砸掉這些璞玉，我就可以清楚地看到棺材裏的情況。我又驚又喜，興奮地圍著槨室一陣猛砸，終於把槨室完全砸碎了。

我拿起手電筒，向水晶棺材照過去，不覺眉頭皺了起來。因為，透過水晶棺壁，我看到的竟然不是屍體，也不是陪葬品，而是一個極為怪異的情景。

水晶棺材裏面，竟然貯存了滿滿一棺材透明的液體！在液體之中，隱約有一具屍體懸浮著，而在屍體的四周，有兩條比手臂還粗、覆蓋著青色鱗片的蛇形腕足。

我皺眉審視著這個怪異的、如同胎體一般的東西，突然間，似乎看到懸浮的蛇形腕足扭動了一下。

就在我正在疑惑的時候，水晶棺中一陣水光蕩漾，接著，一個拳頭大的青蛇腦袋猛地伸到我的面前，隔著水晶棺壁，冷冷地和我對望著。

「嘿！」我悶哼一聲，本能地向後一屁股坐了下去。

「咕嘟嘟——」一陣水花沸騰的聲音傳來。

我抬頭一看，發現棺材蓋子上面的小孔裏居然冒出了一股股惡臭的髒水。水花四濺，已經流到了棺材外面。

最不可思議的是，棺材蓋子竟然隨著水花的泛起，開始一點點地向上浮了起來！那情形，好像裏面的水馬上就將棺材蓋子頂起來了。

按理來說，就算水晶棺材裏裝了液體，那液體的體積也是有限的，不可能像噴泉一般向外湧啊。

不對！我再次定睛向棺材裏望去，這才發現，剛才還懸浮在水晶棺裏的那具屍體，以及繞在屍體上的蛇形腕足，居然不知何時如同發麵一般脹大了，此時已經把棺材撐得滿滿的了。

屍體的頭臉正好朝向我這一邊，那張發白發胖的臉，正抵在水晶棺材內壁上，臉變得平扁猙獰，雙目睜開，眼睛裏帶著死不瞑目的怨恨神情，我不禁感到又噁心又驚悚。我扭過臉去，看屍體其他部位的情況。

我吃驚地發現，這屍體竟然和我們前面遇到的那尊雕像一樣，是雙蛇繞屍下葬的。這具屍體上繞著兩條粗大的蟒蛇，此時蟒蛇與屍體一起脹大了，變得跟人的小腿一般粗。

「嘩啦，喀嚓——」一個重物墜落的聲響傳來。我抬頭一看，只見棺材蓋子已經掉到了棺材邊上。

現在，這口棺材不需要我動手，就已經完全敞開了。只是，現在棺材裏的情景，卻讓我感到頭皮發麻、渾身驚顫，連看上一眼都有些心虛，更別提去割取它的血肉了。

棺材裏鼓鼓囊囊地躺著一具粗大白胖的女屍，屍體上裹纏著粗大的蟒蛇。現在屍體沒有動，蟒蛇也很安靜。一陣陣惡臭撲面而來，我呆呆地站著，一時間不知道該怎麼辦。

我還沒有回過神來，突然有一陣狂暴的陰風在墓室裏旋轉起來，吹得我渾身瑟縮發抖，墓室裏的溫度一下子下降了許多，彷彿寒冬驟然降臨了一般。

隨著旋風突起，一股濃墨一般的黑氣也從棺材四周飛升起來，瀰漫了整個墓室，瞬間將我的視線遮擋住了。

陰冷的狂風在墓室中席捲呼嘯，我努力抬頭看去，發現四周黑氣之中佈滿了淒厲號叫的陰煞鬼影。而我的前方，此時又傳來一陣水花響聲，聽那動靜，像是有東西從水裏走出來了。

這次的陰煞之力，比之先前那些眼珠子裏釋放出來的更為陰厲。就算我意志力堅定，但是現在我已經體力虛弱，陽氣不足了，無法長久抵擋這種陰厲之氣的侵蝕。我漸漸覺得身體寒冷，意識開始變得模糊起來。

我不能再在這裏待下去了，否則，我肯定會淪為那些陰煞的傀儡，被它們控制住。我努力挪動腳步，向水晶牆一點點移過去，想脫離那些陰煞鬼影的重重包圍。

但是，我還沒走到水晶牆前的時候，陰風颯颯的黑氣之中，突然伸出一個粗大的蛇頭，猛地纏住了我的小腿，將我拖倒在地。

我扭身一看，只見一具龐大發白、一絲不掛的女屍，身上裹纏著兩條粗大的蟒蛇，正站在我的身後，居高臨下地看著我。

那條蟒蛇捲著我，把我一直拖到女屍面前。女屍面色猙獰地鼓著眼睛，微微低頭盯著我，腥臭污水淋漓地從她臉上和披散的頭髮上墜落，滴到我的臉上和身上，讓我噁心欲吐。

天哪，這就是傳說中的千年悶香？有沒有搞錯？！

「搞錯了！」趙天棟的聲音突然從水晶牆外傳來。

我一怔，連忙回過頭去，只見趙天棟正趴在水晶牆上，滿臉焦急地對我大喊道：「那個不是夜郎王！」

「什麼？」我驚呼一聲，接著腿上一緊，那條粗大的蟒蛇又把我拖了起來。而當我的身體被甩到半空中時，一隻肥大雪白的手掌，呼啦一聲狠狠地抽到我的臉上！

我頓時眼冒金星，臉頰火辣。我悶哼一聲，拼命地蹬動雙腿，好容易才掙脫了蟒蛇的纏縛，然後落地一滾，迅速地向趙天棟那邊奔過去，想躲開這具恐怖的女屍。

我知道，泡在液體裏保存的屍體一旦發生屍變，就會成為極為恐怖的血屍。血屍的力量比白殭黑殭要強大很多倍，常人被它抓上一下，是會立刻斃命的。

我現在被它一纏一拖一抽之後還有命在，完全是因為我擁有超越常人的體質，不然的話，我現在也已經是一具屍體了。

現在看來，這具女屍最初保存的時候，似乎被做過防腐處理，因此降低了它屍變的力量，不然的話，我已經被它撕成碎片了。

「他媽的，到底什麼情況？快說！這玩意兒到底是什麼？」我背靠在水晶牆上，一邊驚恐地注視著女屍的動向，一邊著急地對趙天棟大聲喊道。

「這是太陰鬼棺！」趙天棟滿心焦急地趴在水晶牆上對我大喊起來，「都怪我，我沒有看出來！」

「操你媽的，你到底想要說什麼，快點說清楚行不？老子快要被玩掛了！」我對趙天棟怒吼了一聲。

「那個棺材是太陰鬼棺，是專門貯存殭屍凶煞的！這根本就不是夜郎王的靈柩！但這裏確實是整個墓室的眼位。」趙天棟自責地說，「你還記得進入墓室之前挖出來的圓形石碑嗎？」

「當然記得！」我冷喝一聲，迅速向側面飛奔，腳尖一點角落裏的瑪瑙玉台，翻身飛躍到了女屍的身後，躲開了它的一記攻擊：「那有什麼問題嗎？」

「就是那個圓形石碑在作怪。這間墓室不是主墓室，而是刻意做成的凶神太歲眼位。這裏聚集的都是陰厲之氣，凶險無比，就是用來誤導盜墓的人，讓他們死無葬身之地！那種圓形石碑應該有八塊，放在墓穴的八個方向。通過這八塊禁咒石碑來聚斂陰厲之氣，不但可以控制接近墓穴的人，使他們成為夜郎王陰魂的奴隸，還可以把陰厲之氣聚集到中央天池，形成凶神太歲眼位。現在這個墓室，就是凶神太歲的眼位。這具女屍是負責守護眼位的鎮墓血殭。現在它的力量不是很強大，那是因為，我們碰巧破壞了那八塊圓形石碑中的一個，破掉了凶神氣場的完整，凶氣外洩了。」

在我和這具恐怖的女屍周旋的當口，趙天棟終於把這個墓室的情況講清楚了。

「那現在怎麼辦？夜郎王的墓室到底在哪裡？操控整個墓穴風水氣運的機關在哪裡？」我一腳蹬開肥胖笨拙的女屍，大聲喊道：

「我還要不要和這女屍糾纏下去？前面到底怎麼走？你到底知不知道！」

「我知道，你聽我說，你堅持一下，千萬要拖住這女屍，不能讓她衝出來。真正的夜郎王墓室，應該就在這個墓室的下面。這叫做太陰為蓋，太陽為王，太陰和太陽重疊在一起了，處於不同高度。墓穴地宮周邊的八塊石碑形成了凶神太歲眼位，而這裏安置了疑塚，然後又在同一個地方形成太陽眼位，才用來安放夜郎王的遺體。我們不是找錯地方了，只是有高度差！」趙天棟大聲說道。

「好，我明白了，那我們現在怎麼辦？」我現在也發現了，這具女屍果然凶戾有餘、氣勢不足，而且有些笨拙，連聚攏陰氣形成陰魂氣場的能力都沒有。知道危機暫時不是那麼嚴重，我這才放鬆了很多。

我從地上撿起了泰岳留下的厚背柴刀，開始和女屍正面硬拼。

這具女屍雖然猙獰可怖、力大無窮，但是，我奔跑跳躍很敏捷，於是我們打成了平手，誰也奈何不了誰。

這時，二子等人都聚集到了趙天棟身邊。他們看到我正在和這麼恐怖的玩意兒打鬥，驚得兩眼放光，大聲喊叫著。

「我們現在要找到通往下一層空間的路！」趙天棟喊道。

我聽到這句話時，下意識地扭頭向墓室後壁上看去。

「你看看墓室裏有沒有通往下一層的入口，可能很隱蔽，但是肯定有通道的。實在不行的話，我們進去一起找。」

「不用找了，我知道在哪裡。」我冷冷一笑。

現在，我終於明白泰岳為什麼會失蹤了。

是的，這個傢伙應該早就察覺到這個墓室是假的了。他把我支開，真正的目的其實不是要清除那些陰煞鬼影，而是要尋找通往太陽眼位的入口。

這個傢伙進入墓穴，果然有不可告人的目的。他肯定是在尋找什麼東西，而且那個東西不能被我們看到。所以他費盡心機地甩開我們，自己一個人去到太陽眼位的墓室，就是要搶先一步，就是想獨吞！

我沒有想到，到了最後，還是我最信任的人出賣了我。果然是人心難測，知人知面不知心啊。我真的憤怒了！

「喂，方曉，怎麼沒有看到泰岳？」這時，婁含終於發現泰岳不見了。

「他死了！」我沒好氣地回了一句，接著咬牙怒吼一聲，向著女屍衝了過去，手起刀落，一陣瘋狂的劈砍。

「啊！他怎麼死的？他的屍體呢？」婁含驚愕地問道。

「我不知道他怎麼死的，你問它吧，說不定是被它吃了！」我的心情非常狂躁。

在我瘋狂的亂砍下，那女屍氣勢不足，血肉橫飛，污水亂迸，那力量有限，最終被我砍劈成了一堆污穢噁心的碎肉，失去了行動能力。

「呼——」我甩手丟掉柴刀，感到心比身體還要疲憊、沉重。我不善於勾心鬥角、玩弄陰謀，現在有些沮喪洩氣了。

我長嘆了一口氣，走到角落裏一塊玉石假山上坐了下來，對外面的趙天棟等人苦笑道：

「你們都小心點，這裏的陰煞之氣還是很凶的。要是中招了，我也救不了你們。」

「放心吧，我已經給他們都貼上鎮魂符了，應該不會有問題的。」趙天棟又問道，「你說你知道入口在哪裡？」

「入口就在墓室的後壁上，我幫你們打開。」

我有些懶懶地站起身，晃到墓室後面，在門形痕跡附近仔細找了一下，很快就發現了一處機關，伸手一按，後壁上便「吱呀呀」打開了一扇門。這道門不是很寬，裏面黑洞洞的一片，看樣子很深。

「就在這裏，你們只要不怕被毒死，儘管進來好了。」我有些嘲弄他們的意思。

大家不覺都有些驚愕。

二子走上來，貼著水晶牆，對著我喊道：

「你怎麼了？是不是因為泰岳掛了，承受不住打擊啊？怎麼我感覺你的情緒有點不對勁呢？」

面對二子，我心裏感到有些內疚。是的，任何人都可能騙我，但是這個傢伙不會騙我。而且，他是為了我才到這裏來的，我一定要儘量想辦法把他帶出去。其他人怎麼樣我不在乎，只要我們這對難兄難弟能夠從這裏走出去，就還算是圓滿的。

「我沒事，你們趕緊準備一下進來。這門我先關上，免得毒氣進去。」我把這道門關上了。

「喂喂，口罩行不行？我這裏有兩個。」二子喊道。

「沒用的，你們就用毛巾捂住口鼻，儘量減少呼吸，進來之後，馬上跟著我進這個門。進去之後就沒事了，那裏邊應該沒有毒氣的。快點，我們要抓緊時間。」我說道。

「為什麼時間不多了？」婁含有些疑惑地問道。

「不要問了，聽我的就對了。」我喊道，「快點，不然就真的來不及了！」

見我一臉鄭重，大家也意識到了事情的嚴重性，連忙各自用毛巾捂住口鼻，準備穿越墓室。

「都跟緊我！」我一打開水晶牆上的小門，就連忙向墓室後方跑去，打開小門後率先衝了進去。

我用手電筒一照，發現門後是一條通向下的階梯，就知道趙天棟的推斷是正確的。

大家都進入小門後，又將門關了起來，一起沿著階梯向下奔去。階梯兩邊都是石壁，看不見盡頭，有一種深入地獄的感覺。

我們跑著跑著，前面突然一陣冷風吹來。我不覺心裏一凜，連忙扶牆想停下腳步。但是大家都緊跟著我，一時剎不住腳，一下子都撞到了我的身上，把我撞飛了出去。

我身在半空中時，手電筒向側面一掃，不覺心裏一沉。我發現，此時階梯的內側是一個深不見底的深淵，而我正在深淵的上空，馬上要掉下去了。

「啊——」婁含驚得大叫出來。

「嘿！」我連忙伸手去抓階梯的邊緣，但是距離太遠了，我根本搆不著。我眼睜睜地看著階梯和石壁就離我不到兩米遠，而我滿心無奈和絕望地墜落下去。

完蛋了，一失足成千古恨啊！

等等！我身上不是還有一個保命的工具嗎？大掌櫃給我的那根鋼管！我一把從腰裏摸出鋼管，把手電筒一扔，就去擰鋼管的底部。

「砰——啪——」一聲刺耳的摩擦聲，鋼管發射出鋼絲箭頭，釘進了我面前的石壁中。

我雙手死死地抓著鋼管，垂掛在石壁上，總算撿回了一條小命，額頭上已經出了一層細汗。

這時，大家都趴到階梯邊看著我。見我沒事了，二子拍了拍胸脯笑道：

「我就說嘛，你小子是九命貓，怎麼可能這麼容易死呢。他媽的，可把老子給嚇壞了！」

「趕緊把他拉上來吧。」趙天棟拿出一條繩子，丟了下來。

我被大家拉上去之後，婁含一下子抱住了我。我被她弄得一愣，訕笑了一下，彎腰收拾鋼管，說道：

「這個東西又救了我一命。回去之後，我還真得好好感謝那個大掌櫃。要不是她有先見之明，我都不知道死了幾次了。」

婁含有些羞赧又有些得意地咬著嘴唇笑了一下，默默走到了一邊。

「好了，大家繼續走吧，這個階梯的盡頭，想必就是太陽眼位，也就是那個夜郎王真正的墓室了。這是最後一步啦，大家加油啊。」我仍然帶頭向下走去。

我邊走邊用手電筒向深淵下部照去，起碼有幾十米深，而且呈圓形，四壁是盤旋而下的階梯，一直通到底部。

我還看不清底部有什麼東西，只能看到一些模糊的影子和搖盪的光點，想來也是一些奇珍異寶吧。

我們順利地來到了底部。我們清楚地看到，面前是一個空曠巨大的地下洞穴，怪石嶙峋，碎骨遍地，並沒有什麼珍寶。洞穴的頂壁上沒有任何人工雕琢的痕跡，這個洞穴是天然的，並不是夜郎王為了安葬自己特地開鑿的。

我們曾經設想過，夜郎王的墓室可能是富麗堂皇，也可能是機關重重、陷阱遍佈的，或者是黑風陣陣、陰森恐怖的，但就是沒有想過，夜郎王的墓室只是一處天然地下洞穴。

「天人合一，洞天福地，果然，果然。」趙天棟瞇眼說道。

我也有所頓悟，大概明白了夜郎王的良苦用心。「洞天福地」有很深刻的內涵。山川河流，納天地之氣，吸日月之精，而至龍氣。龍氣即成，必有所居洞室。洞天福地，即為龍穴。

真正的洞天福地，其實就是貯藏龍氣的洞室，是極為難得的風水寶穴。

我再抬頭更仔細地觀察，就發那洞室之中亂石穿空、犬牙交錯，在中央地帶自然地形成了一條大氣古樸的盤龍石峰。一條窄小的碎石小路一直通到石峰頂上。那個石峰之上，顯然是一個關鍵所在。

「在那邊！」我對大家一揮手，率先走了過去。

石峰頂上，龍頭的位置是一個不小的平臺，足足有十來平方米。最讓人感到驚奇的是，石峰的對面，竟然也有一座幾乎一模一樣的龍形石峰。

兩條盤龍對望，龍頭之間由幾條粗大黝黑的鑌鐵鏈子相連，而在鑌鐵鏈子的中央，赫然懸立著一口漆黑色、泛著金屬光澤的棺材。

我們互相對望一眼，都面露喜色，我們終於找到了！

「準備開棺！」我卸下背包，緊了緊腰帶，就準備過去。

「我和你一起去。」趙天棟走上來。

「嗯，好，二子，你也去。婁含，你和三公爺爺在這邊等我們。」我安排道。

鐵鏈很粗，可以當成獨木橋來走。我們三個人沿著鐵鏈爬過去，很快就來到那口棺材旁。看清楚棺材的情況後，我們卻有些為難地皺起眉頭。

從表面上看，這個棺材似乎是用生鐵澆築而成的，除非我們有可以燒熔生鐵的電焊工具，否則無法打開。

「現在怎麼辦？」我對趙天棟問道。

趙天棟無奈地嘆了一口氣，皺眉道：

「唯一的辦法就是，先控制這洞穴中的風水氣運，找到出口，然後再看能不能把這口棺材弄出去，然後再慢慢想辦法打開。」

「也只好這樣了。這裏就是整個墓穴的中心了，你現在可以去施法佔據天池眼位了。我們在這裏等你。」我說道。

趙天棟往四下看了看，又低頭看著棺材下面的地面說：「差不多就在那裏了，我先下去。」

趙天棟從鐵鏈爬回到石峰頂上，然後走到那口棺材正下方，開始嘟嘟囔囔地念著咒語，非常專注地施起法來。

沒過多久，趙天棟做完了，抬頭向上看過來。我們也居高臨下地向他望著，對他問道：「情況怎樣了？」

趙天棟突然臉色大變，冷喝道：「你在那裏做什麼！」

「什麼？」我和二子一驚，不知道發生了什麼事情。

我們正在疑惑的時候，身旁的棺材突然一陣晃動，有一個人從棺材底下的鐵鏈爬了上來。

我和二子定睛一看，這個人居然是泰岳！

請續看《我抓鬼的日子》之七 驚魂天譴

我抓鬼的日子 之六 雙重人面

作者：君子無醉
發行人：陳曉林
出版所：風雲時代出版股份有限公司
地址：105台北市民生東路五段178號7樓之3
風雲書網：http://www.eastbooks.com.tw
官方部落格：http://eastbooks.pixnet.net/blog
Facebook：http://www.facebook.com/h7560949
信箱：h7560949@ms15.hinet.net
郵撥帳號：12043291
服務專線：(02)27560949
傳真專線：(02)27653799
執行主編：朱墨菲
美術編輯：許惠芳

法律顧問：永然法律事務所 李永然律師
北辰著作權事務所 蕭雄淋律師

版權授權：蔡雷平
初版日期：2015年2月
初版二刷：2015年2月20日
ISBN：978-986-352-068-9

總經銷：成信文化事業股份有限公司
地　址：新北市新店區中正路四維巷二弄2號4樓
電　話：(02)2219-2080

行政院新聞局局版台業字第3595號 營利事業統一編號22759935

定價：280元　特價：199元

國家圖書館出版品預行編目資料

我抓鬼的日子／君子無醉 著. -- 初版-- 臺北市：風雲時代，
2014.6 -- 冊；公分

ISBN 978-986-352-068-9（第6冊；平裝）

857.7　　103013689